In Gedenken an eine außergewöhnliche Frau.

Geschichte einer unendlichen Liebe

Liebe Familie und Freunde,

ab heute werde ich regelmäßig ein Kapitel unseres bewegten Lebens hier wasSchatz, du fehlst mir so sehr..., ich wünsche mir bei dir zu sein.

DANKSAGUNG

STATT KARTEN

So still wie Sie lebte,
so still ging Sie.

Und immer sind da Spuren deines Lebens, Gedanken und Augenblicke. Sie werden uns immer an dich erinnern und uns glücklich und traurig machen und dich nie vergessen lassen.

Herzlichen Dank allen, die sich in stiller Trauer mit uns verbunden fühlten und ihre Anteilnahme auf so vielfältige und liebevolle Weise zum Ausdruck brachten.

Im Namen aller Angehörigen
Peter Lauer

Martina
Lauer

† 19. Dezember 2013

Berndorf, im Januar 2014

Der 07.05.1976...ein Verkehrsunfall in den Nähe von Mosbach. Eine Fahrerin verlor in einer Kurve die Kontrolle über ihr Auto...Sie wurde mit schwersten Wirbelsäulen-Verletzungen in die Orthopädische Uni-Klinik nach Heidelberg-Schlierbach geflogen...

Der 9.7.1976...ein Verkehrsunfall in der Nähe von Bingen. Ein Fahrer verlor in der Autobahnauffahrt Bingen die Gewalt über sein Motorrad...Er wurde mit schweren Verletzungen in die Orthopädische Uni-Klinik nach Heidelberg-Schlierbach geflogen...

Der 28.8.1976...KG-Behandlungsraum. Nach 8 Wochen im Spezialbett kam ich auf das Stehbrett und plötzlich fuhr ein süsses blondes Mädel in seinem Rollstuhl an mir vorbei. Ich überlegte fieberhaft, Herr, schick mir einen guten Spruch...Raus kam...ey, du, kannst du mir mal einen Tee bringen? Gott, was war bloß mit mir los...Der Blick, der mich traf, war alles andere als vielversprechend.
Dann, das Wunder geschah, sie kam zurück, in der Hand einen Becher Tee...

Wir sahen uns an und wir beide wussten, das war's...das war's fürs Leben. Von diesem Zeitpunkt an waren wir unzertrennlich.

Eines Abends verschwanden wir per Anhalter aus dem Krankenhaus. Es regnete in Strömen, aber wir hatten Glück, ein grüner R4 hielt an, der Fahrer verlud im strömenden Regen!!! (in seinen Bart fluchend) unsere beiden Rollstühle...und brachte uns in die ???? Disko!!!

Um 1.00 Uhr kamen wir zurück, leider suchten die Nachtwachen schon fieberhaft nach uns. Nichts wars also mit Reinschmuggeln.
Am nächsten Tag mussten wir bei Prof. Paeslack antreten und einen Anschiss abholen, der fiel aber recht moderat aus, alle im Krankenhaus wussten ja schon, was mit uns los war.

Wo Peter war, war Martina nicht weit und umgekehrt. Martinas Zimmergenossin und beste Freundin Anne, sowie spätere Patin unserer Ältesten, war eingeweiht. Behandlungspläne wurden umgeschrieben, selbst der Entlasstag wurde einigermaßen angepasst, damit wir nicht zu lange voneinander getrennt sein mußten.
Martina's Mutter war alles andere als begeistert, hatte ihr Töchterchen doch gerade einen schweren Unfall überlebt, da kam einer und nahm sie ihr wieder weg...
Martina wurde am 23.10.1976 entlassen und ich am 28.10. Fünf Tage war nichts mit mir anzufangen. Ich schlich wie ein begossener Pudel durchs Krankenhaus und zählte Stunden...Stunden?...neeeee Minuten...
Dann kam sie und holte mich ab, ich wußte, diese Frau lasse ich nie wieder los...

Doch lest es selbst...

Schlaftrunken öffnete ich meine Augen, es war 5.30 Uhr. Draußen klapperten schon die Medikamentenwagen, der Aufzug machte seine komisch schleifenden Geräusche. Ah ja, das Frühstück kam....Simon, unserer Stationspfleger kam herein. Meine Herren, es ist Zeit zum Aufstehen, die, die heute Therapie haben, bitte melden. Acht Wochen lag ich schon dumm cognac...äh rum...es war soweit!!!! Ich durfte heute aufs Stehbrett. Meine Gedanken schweiften ab, gestern war mein Chef, Oberstleutnant i.BGS Wegener und vier meiner Gruppe da, um mich zu besuchen. Allerdings mit schlechtem Nachrichten. Meinen Dienst würde ich nicht wieder aufnehmen können, lt. dem Gutachten von Prof. Paeslack war ich wohl untauglich für den Dienst. Aber komischerweise machte es mir nicht so viel aus, wie ich befürchtet hatte.

Simon kam um die Ecke, mit der Waschschüssel...hey "Bulle", er nannte mich Bulle, weil er die Polizei nicht leiden konnte, ich nannte ihn "Baader", weil ich Terroristen nicht leiden konnte... er war der einzigste, der

meinen beruflichen Hintergrund kannte und so nahmen wir uns gegenseitig hoch...
Hat dein Birgitchen schon angerufen? fragte er...Nee, ist doch noch keine sechs, sagte ich. Meine Freundin Birgit rief immer morgens um 6 Uhr an, bevor sie ihren Dienst als Schwesternschülerin antrat. Komisch, besucht hat sie mich erst zweimal in acht Wochen..., ich vermisste sie.
....und "schrill", "schrill" mein Telefon klingelte wie aufs Stichwort. "Guten Morgen, Schatz" sagte ich...."heute darf ich aufs Stehbrett!!!" freute ich mich. "Ach, Peter, da freu ich mich für dich" sagte sie, allerdings wenig enthusiastisch..."Was ist los mit dir?" fragte ich sie...."Ach nichts, weißt du schon wann du wieder rauskommst?" Komischerweise liefen unsere Gespräche in letzter Zeit immer so ab..."Ich muß jetzt auf Station"..."ich ruf dich heute abend wieder an." "Ja gut, ich muß auch gleich raus." "Ich drück dich" und das Gepräch war zu Ende. Heute machte ich mir nicht mehr soviel Gedanken, heute durfte ich runter in die Reha-Abteilung.

Simon wusch mich, zog mich an und brachte mir dann einen Rollstuhl ans Bett... einen uralten AOK Chopper, bis ich meinen eigenen Sportstuhl bekam,

**dauert wohl noch ein bißchen.
Zu zweit setzten sie mich in dieses Ding, zum ersten Mal nach 8 Wochen sah ich die Welt wieder aus der Senkrechten.
"Ab aufs Stehbrett" sagte Simon und schnallte mich auf einem Brett fest, daß mich dann aufrichten sollte, um meinen Kreislauf wieder in Schwung zu bringen. Dann verschwanden die Beiden wieder..."In einer halben Stunde holen wir dich wieder ab, " sagten Simon noch und bevor ich irgendwas sagen konnte, war ich allein...Na ja, ganz allein wohl nicht lange, denn so nach und nach füllte sich der Saal, mit lauter Rollifahrern. Ups, sagte ich mir, wieviele gibt es denn davon? Klar es war August, die Mororradunfälle, die Badeunfälle häuften sich....**

Nach 10 Minuten wurde mir langweilig...und auch schwindlig....auf einmal ging die Schwingtür auf und....ich traute meinen Augen nicht! Lange blonde Haare....ein soooo süüüßes Gesichtchen und ein paar mördermäßige Hupen....fuhr herein, ich brachte meinen Mund nicht mehr zu. Oh Herr, laß ganz schnell Hirn regnen, sende mir den richtigen Anmachspruch...Meine Gedanken rasten...

Hmmm Birgit? Wer war Birgit????

"Du," ich hab so einen trockenen Mund" Kannst du mir etwas Tee bringen?" Neeeiiiiin, Kreeiiisch, wie bescheuert war das denn... dir fallen doch sonst auch 1000 Anmachsprüche ein....mein Gehirn war nicht mehr existent, es schwappte nur noch eine warme Brühe in meinem Kopf. Ich guckte ihr total belämmert nach, als sie auf der anderen Seite wieder rausfuhr. Ihr Blick, mit dem sie mich musterte, sprach Bände....dachte ich....den Kopf in den Nacken geworfen, wenn ich im Wasser gestanden hätte, wäre das im August gefroren.

"Mensch Lauer", "dachte ich, du bist ein Riesena....loch!!!"
Zerknirscht wandte ich mich ab und nahm mir vor, beim nächsten Mal, läuft das aber anders....

Hmmm Birgit? Wer war Birgit????

"Wolltest du keinen Tee?" fragte mich auf einmal jemand von der Seite? Du siehst so blaß aus, wohl das erste Mal auf dem Stehbrett?" Jauuu, bellte ich sie an, mit meinem trockenen

Mund..."mir ist so schlecht."
"Du weißt ja, mit der Fernbedienung, die du da in der Hand hast, kannst du dich selber runterlassen...." "Äh, ehrlich?" Es schwappte immer heftiger in meinem Kopf...und sie rührte immer heftiger in meiner Gehirnmasse..."Ich heiße Martina, bist du der Polizist von Station 2?" "Simon hat mir von dir erzählt...." Ich schaffte es gerade noch, mich an meinen Namen zu erinnern...."Ich bin der Peter," röhrte ich..."sehen wir uns nachher?" schaffte ich gerade noch.... es kam tatsächlich kam ein amüsiertes "vielleicht" über ihre Lippen....

Hmmm Birgit? Wer war Birgit????

Ich nahm mir Simon zur Brust. "Sag mal, wer ist denn das?" fragte ich ihn. "Oh, das ist unsere "Miss Schlierbach", aber da wirst du schlechte Karten haben, die hat einen Freund, der Christian kommt jeden Tag zu Besuch....außerdem, du hast doch eine Freundin!!!"

Hmmm Birgit? Wer war Birgit????

Jetzt ab ins Bett, morgen ist auch noch ein Tag.

"Morgen?" "So lange konnte und wollte ich nicht warten." So schlecht und schwindlig wie mir war, entwischte ich Simon und fuhr auf die Station 3, die Frauenstation.
Zimmernummer wußte ich nicht, also fuhr ich den ganzen Gang entlang und fragte letztendlich eine Schwester, wo Martinas Zimmer sei. Mir wurde immer schwindliger....

....ich hielt mich an der Türklinke fest, klopfte und riß die Tür auf.... und.....kippte beinahe nach vorne aus dem Rollstuhl und lag.....mit dem Kopf auf ihrem Bett....und hörte ich mich sagen..."Ich wollte dich wiedersehen!!!!" ...und sie lachte...und klatschte mir einen nassen Waschlappen auf die Stirn...und lachte mich an...und ich nahm ihren Kopf in meine Hände und küßte sie!!!!

Hmmm Birgit? Wer war Birgit????

Hmmm Christian? Wer war Christian????

Heute ist Valentinstag..., ich hatte neue Bücher für sie, für Ihren Kindle...Mystery, das liebte sie ganz besonders...

Und ich hab ein Gedicht für sie...

Wir haben Hand in Hand gelegt und wussten gleich:
so war es gut;

Nie ward die Hand des Druckes müd', sie ruhte fest,
so war es gut;

Uns lehrte jeder Tag aufs neu: wir fanden uns,
und das war gut.

Nicht jeder Tag war Sonnenschein, dich schaut' ich an,
und es war gut.

Und hast du selbst einmal gestürmt, - ich sah dein Aug',
und es war gut.

Und haben andre dich verkannt, - ich kannte dich,
und es war gut.

Und hab' ich achtlos dich gekränkt, - nie meint' ich's bös',
ich meint' es gut,

O bleib' bei mir, geliebtes Herz, treu wie

bisher,
und es ist gut;

Denn schwach und arm bin ich allein,
hilf du mir weiter,
stark und gut.

Und wie mein Leben auch verläuft, froh will ich sagen:
es war gut,

Und halt' im Tod ich deine Hand, - ich fürcht' ihn nicht,
auch er ist gut.
□□□□□□□□□□□□□□□□□□□□□□

Überall, wo man hinschaut, Werbung und Angebote zum Valentinstag. Jedes Angebot einen Stich ins Herz...

Was besonders makaber ist: Ich werde 6 Wochen nach ihrem Tod überschwemmt mit Spam von Single-Börsen aller Couleur...wie geschmacklos.

ach ja...heute geht's weiter mit der Geschichte...

Endlich frei, endlich keine Sperrstunde mehr, abends schön weggehen, morgens schlafen, solange wir wollen, dieses herrliche Leben wartete auf uns, nach der Entlassung aus dem Krankenhaus...

....dachten wir.

Nun, eine eigene Wohnung hatten wir nicht, also kamen wir überein, mal bei

mir und mal bei ihr zu Hause zu wohnen, sprich bei unseren Eltern. Unsere Mütter erholten sich gerade von den Schocks unserer Unfälle und konnten unsere Selbstständigkeit nicht ganz nachvollziehen, beziehungsweise wollten es wohl auch nicht so richtig, so kam es öfters zu kleineren Scharmützeln, wenn wir Dinge unternahmen, die wir eigentlich gar nicht können... dürfen... sollen...?

So merkten wir nach kurzer Zeit, dass das ganze nicht so lief, wie wir uns das vorgestellt hatten. Unser Liebesleben beschränkte sich meistens darauf, uns gegenseitig den Mund zuzuhalten oder uns am nächsten Morgen vorwurfsvolle Blicke zuwerfen zu lassen.
So kam dann der 16.12.1976, an dem ich mich entschloß, meiner Martina eine Überraschung zu bereiten, die erste bisher, es sollte aber nicht die letzte in Ihrem Leben gewesen sein...!!!

Ich wollte ihr einen Heiratsantrag machen, so romantisch und emotional wie möglich. Ich wollte eine Hütte mieten, alles darin herrichten und in dieser romantischen Umgebung, sollte dann meine große Stunde kommen.
So stellte ich es mir jedenfalls vor..., aber erstens kommt es anders, und zweitens, als man denkt.

Nun entwickelte Martina aber eine kleine Druckstelle, die sie zwang, viel Zeit im Bett zu verbringen und nur gelegentlich aufzustehen um die Heilung nicht zu behindern. Meine Planung drohte sich in Luft aufzulösen und ich dachte wie ein 19jähriger...wird schon irgendwie klappen!!!

Ich ging dann halt erst mal los, um Ringe zu kaufen. Als ich abends nach Hause kam, zog ich mich aus, legte mich zu ihr ins Bett und schlief dann auch prompt beim Fernsehen ein..., die Ringe vergaß ich in meiner Hosentasche...!!! Am nächsten Morgen weckte mich mein Tinchen mit einem verschmitzten Funkeln in den Augen. "Peter, ich habe gerade Wäsche in die Maschine getan, deine Hose hab ich auch rein."

Siedendheiss fiel es mir wieder ein. Hosen..., Waschen..., Ringe..., ach du lieber Himmel.
"Schatz, brauchst du doch nicht, die wollte ich nochmals anziehen," sagte ich im Brustton der Überzeugung.

Aber...,die Trommel drehte sich schon, MIT meiner Hose und ihrem Inhalt...dachte ich...

"Nicht schlimm", sagte sie, "ich habe deine Taschen leer gemacht."
Häääh, was kommt denn jetzt, was tue ich jetzt. Dann kam DER Spruch meines ach so jungen und unerfahrenen Lebens, und ich platzte verzweifelt heraus ..."willst du mich heiraten...?"

Ich sah mich um, aber Wände und Decken standen noch...und mein Schatz lächelte verliebt..., legte mir Ihre Arme um den Hals und was sah ich da , sie trug meinen Ring!!!
"Natürlich will ich dich heiraten, du Doller."

Der Rest ist schnell erzählt...glücklich schmusten wir den Rest des Tages...und liessen den lieben Gott einen guten Mann sein.

Nun hieß es aber ein weiteres Hindernis zu überwinden, unsere ach so fürsorglichen Mütter...,

...wir kamen überein, Ihnen die gute Nachricht am 26.12.1976 zu überbringen, diesen 2. Weihnachtsfeiertag sollte meine Schwiegermutter und mein Schwager mit meiner Familie verbringen.

Was dann geschah...? Schweigen ist ja soooooo schwer, wenn man jung ist, und einem das Herz auf der Zunge liegt...

Unsere Verlobung.

Weihnachten am 24.12.1976. Nur noch 2 Tage bis zum V-Day...Martina feiert Weihnachten bei Ihrer Mutter und ich sitze bei mir zu Hause. Getrennt sein...genau das, was wir nicht wollen und so schaue ich aus dem Fenster und zähle die Minuten bis wir uns wiedersehen.
Ich schleiche mich zum Telefon...Meine Mutter rief, "nee, Peter nicht schon wieder anrufen, du siehst sie doch übermorgen schon wieder, was ist denn mit dir los, sag mal..." Für den geneigten Betrachter...es gab damals noch keine Flatrate...

"Ach Mama, wie ging dir es denn, als du dich verlobt hast..."
ups, hab ich wirklich verlobt gesagt, verdammt, das sollte doch erst in 2 Tagen bekannt werden. Ich konnte mal wieder meine Zunge nicht zügeln. "Was hast du gesagt, verloben...." meine Mutter schoss um die Ecke, "Ihr wollt euch verloben?".

Verbergen konnte man vor meiner Mutter sowieso nichts, also sprudelte es aus mir heraus. "Ja, hab schon die

Ringe und wir wollten es euch übermorgen sagen."
Eigentlich waren wir ja schon verlobt...aber offiziell halt erst am 26.12.1976, so stand es auch in unseren Ringen.

Meine Mutter griff zu Ihrer Teekanne, wie immer, wenn sie aufgeregt war..."und wie stellt ihr euch das vor?"
"Ihr habt nichts, ihr könnt nichts, wo wollt ihr wohnen?"

Genau darüber wollten und konnten wir uns aber keine Gedanken machen...
Kommt Zeit, kommt Wohnung, kommt Ausbildung...aber zuerst mal, kam SIE...

Es war der 26.12. und um 11.00 Uhr klingelte endlich die Türglocke...und ich riss sie mehr oder weniger aus dem Auto heraus und wollte sie nicht mehr loslassen. Dahinter stand meine Schwiegermutter in Spe mit einem Gesichtsausdruck, der nichts Gutes ahnen lies. Martina sagte mir, deine Mutter hat gestern meine Mutter angerufen und danach war sie etwas komisch.

Kurz briefte ich Martina und sie..."Konntest du mal wieder deinen Mund nicht halten."
Also nahmen wir unsere angesäuerten Mütter und liesen die Hosen runter, indem wir unsere Ringe nahmen und sie uns gegenseitig ansteckten. "Wir verloben uns heute." war eigentlich alles was wir noch herausbekamen, dann mussten wir uns um unsere weinenden Mütter kümmern. Wobei wir immer noch nicht wußten, waren es Tränen der Freude oder des Schmerzes.

Dann brach aber schon das praktische Denken unserer Mütter durch und sie verschwanden im Wohnzimmer, wohl um über unsere weitere Zukunft zu verhandeln...Jedenfalls waren wir aussen vor und konnten uns unserer Verlobung und anderen schönen Dingen "hingeben"...

Die Zeit bis zur Hochzeit...

Nun könnte man sagen, sie lebten glücklich und zufrieden bis an ihr Ende...

...aber wir doch nicht. Zu Hause rumsitzen und aus dem Fenster starren? Nee, Leute, das war nicht unser Ding.

Das Rumsitzen hatte dann im Februar ein Ende...aber nicht, wie sich unsere Mütter sich das vorgestellt hatten.

Also, was tun sprach Zeus...wir beschlossen endlich wieder mobil zu werden. Martina hatte noch leise Bedenken, wegen Ihres Unfalles, aber ich überzeugte sie, das nur die Konfrontation mit einem Auto sie wieder ins rechte Lot bringen wird.

Gesagt, getan! In Heidelberg gab es einen Fahrlehrer, der sich nicht nur auf den Umbau zum behindertengerechten PKW spezialisiert hatte, sondern er bot auch Fahrstunden in einem behindertengerechten Fahrzeug an.

Und hoppla, da waren wir dabei. Nach 3-5 Stunden war es endlich soweit. Unsere Führerscheine hatten den Vermerk, "Handbediente Fahrzeuge."

So, wie kommen wir aber nun zu einem Auto? Ein British Leyland Händler verkaufte uns einen Austin Allegro, Automatic mit Handbedienung.

Wenn wir damals gewußt hätten, das British Leyland eigentlich British Elend heissen müsste, hätten wir bestimmt nicht das durchgezogen, was dann kam...und was sowas wie ein mittleres Erdbeben mit Doppelpanikattacken bei unseren Müttern auslösen würde...

Wir hatten mittlerweile beschlossen, daß wir am 10.03.1977 heiraten wollten. Die Gründe hierfür erzähle ich aber erst später...Geduld, nur Geduld, liebe Leser...

Wir wußten, das es 2 Wochen vor den Hochzeit eine sogenannte Brautschau

gab, d.h. es versammelten sich alle unvermählten Mädels bei der Hochzeitswilligen zu Hause um die Hochzeit einzuleiten.

Ein äußerst wichtiger Anlass, den Martina auf keinen Fall versäumen durfte, wollte sie nicht als Aussenseiter im Dorf gelten.

Aber bis zu diesem Termin hatten wir ja noch etwas Zeit. Aber uns war langweilig. Dreimal die Woche zur KG, ansonsten "tote Hose".

Ich hatte ja Verwandtschaft in Südfrankreich, die ich lange Zeit nicht mehr gesehen hatte. Martina kannten die auch noch nicht. Und der deutschen Kälte konnten wir auch entfliehen.

Aber wie bringen war unseren Müttern bei, das wir nach Südfrankreich wollen? Besser gar nicht. Also, was tun zwei Jugendliche, denen langweilig ist und die nur Flausen im Kopf hatten?

Jaaaaa Herrschaften, richtig! DIE REISSEN AUS!

Martina erst noch etwas skeptisch, aber dann Feuer und Flamme.
Ich packte bei mir eine Tasche und sagte, ich fahre zu Martina.
Martina packte eine Tasche und sagte , Peter holt mich ab, wir fahren zu ihm...

Perfekter Plan, meinten wir, aber wie gesagt, British Elend....

Wir fuhren los. Unterwegs machte ich mir ein paar Gedanken über einige seltsame Geräusche aus dem Auto, der Spritverbrauch war auch enorm....bis auf einmal kurz vor Marseille unser Auto meinte Dampfwolken ausstoßen zu müssen.

Zwei Rollstuhlfahrer, die Rollstühle waren hinten im Kofferraum. An Raststätten war das kein Problem. Hilfsbereite Leute gab es immer.
Aber da, war nur eine Notrufsäule, sonst nichts. Nur vorbeirasende Autos.
Ohne nachzudenken öffnete ich die Tür, lies mich auf den Boden und rutschte auf meinem Allerwertesten, bis zur Notrufsäule.

Wie gesagt...ich unten, Notrufsäule ganz weit oben. da saß ich dann, zurück rutschen traute ich mich nicht mehr, aber schon erschien die Obrigkeit. Die bedienten dann diesen sch... Hebel, halfen mir ins Auto zurück und waren sehr freundlich. Bis zu dem Zeitpunkt, indem er sagte, das kostet sie 200 Franc Gesldstrafe. Uns schon wußte ich wieder, warum ich eigentlich keine Polizei mochte.

Nach einer Weile kam der Servicewagen, wechselte unseren Keilriemen aus, stellte den Vergaser magerer ein und so trafen wir bei meinen Verwandten ein. Das Hallo war groß, Parties, Grillen, etc, kurzum wir fühlten uns sehr wohl.
Vergessen hatten wir bis dahin, daß wir am 28.02.1977 um 20.00 Uhr wieder zurück sein mußten. Am 27.02.1977 gegen Mitternacht fiel es uns wieder ein...

Auch war unser Verschwinden mittlerweile aufgeflogen, wir hatten nämlich vergessen der KG Bescheid zu sagen.

Uns erwartete also ein Donnerwetter, das Hurrican Katrina in New Orleans in den Schatten stellen würde.

Sollten wir uns nun auch noch verspäten, wäre uns ein Tsunami wie eine kleine Welle vorgekommen.

Morgens um 4.00 Uhr ging es zurück, müde, mehr oder weniger frisch aus dem Krankenhaus gekommen, aber 1200 km auf einen Rutsch vor uns. Ging eigentlich ganz gut.

Wir wechselten uns ab, bis Martina nicht mehr konnte. Also fuhr ich weiter... Um 18.00 Uhr waren wir in Neckargemünd, nur noch 40 km bis nach Hause, bei mir wurde aus Sekundenschlaf, Minutenschlaf. Was tun?

Die zündende Idee...Martina lenkte vom Beifahrersitz aus und stupfte mich immer an, wenn ich bremsen oder Gasgeben sollte. Und ich ....schlief....

Um 19.30 Uhr kamen wir an...Martina verschwand sofort mit ihren Dorfjungfrauen und ich, der ich eigentlich schlafen wollte, hatte den Hurrican und den Tsunami alleine auszubaden...

Heute sollte ich eigentlich von unserer Hochzeit erzählen, aber ich hatte eine schlechte Nacht mit vielen Schmerzen.

Ich sitze hier vor meinem Rechner und weine...ich schaue ihre Bilder an und weine...ich sehe ihr Zimmer und weine...wie soll ich nur weiterleben ohne sie...die Buchstaben der Tastatur verschwimmen vor meinen Augen...warum bist du gegangen, warum hast du mich nicht mitgenommen...der Schmerz wird übermächtig...ich will zu ihr!

bitte verzeiht...ich schreibe morgen weiter...

Die Hochzeit

erst mal danke für die vielen Zuschriften, die mich erreicht und berührt haben. Warum tut es aber immer noch so weh...man sagt doch , es

wird weniger mit der Zeit, bei mir ist es eher umgekehrt..., mein derzeitiger körperlicher Zustand noch oben drauf, was für eine Tortur...

doch bevor ich heute mit der Hochzeit beginne, erst mal noch eine Kleinigkeit...

...eine Kleinigkeit von 4 mm Größe. Was könnte das wohl sein...?

Nun aber erst mal zur Hochzeit.

Nein, war nur Spaß, wollte euch nur ein bisschen auf die Folter spannen.

MARTINA WAR SCHWANGER!!!

Ja, ihr habt richtig gehört, wir bekommen ein kleines Baby! Niemand weiß es bisher und wir haben uns vorgenommen, es vor der Hochzeit auch niemand zu erzählen.

Bis zum Tag vor der Hochzeit, als meine Schwiegermutter vom Bäcker nach Hause kam und entrüstet erzählte, man zerreiße sich den Mund über uns. "Ich wurde gefragt, ob ich verhindern könnte, das die beiden im Rollstuhl ein Kind bekämen." Sie fing an zu weinen..., "ich will doch so gerne Enkel haben."

Martina schaute mich an und ich nickte.

"Mama," sagte sie,
"du wirst einen Enkel haben, das versprechen wir dir." "Und zwar schon bald..., im Oktober."

Zum ersten Mal, seit ich sie kannte, war sie sprachlos. Sie drückte uns beide an sich, als wollte sie uns nie wieder los lassen. "Aber Mama, das bleibt unter uns dreien..."

Dann schaute ich Martina an und es brodelte trotzdem noch in mir. Welche Ignoranz muss es sein, so etwas überhaupt zu sagen. Waren wir Menschen 2. Klasse, nur weil wir im Rollstuhl saßen? Zumal ich ja eines Tages wieder aus dem Rollstuhl rauskomme...

Dennoch stieg ich ins Auto und fuhr in die Bäckerei. Vor versammelter Mannschaft im Laden sagte ich ganz nett und freundlich...

"Leute, ihr habt ja so recht, ein Kind kann man Martina wirklich nicht zumuten." Erst das Baby und dann den kleinen Rollstuhl zur Welt zu bringen..." "Das geht nun wirklich nicht."

Betröppelt sah man mich an und ich verließ den Laden ohne eine weitere Bemerkung.

Seither hörten wir aber nichts mehr von diesen Äußerungen.

Nun war er da, der Tag der Tage! Heute war tatsächlich unser Hochzeitstag.

Viel zu viel könnte ich darüber schreiben und ich glaube, das würde diesen Augenblick zerstören. Die Predigt des Pfarrers, (der im übrigen 2,12 m groß war und sein Studium mit Boxen verdient hatte), der Segen des Pfarrers, als seine Hände (Kohlenschaufeln!!!) auf unserem Kopf lagen und die Leute sich beschwerten, sie sähen nichts von unseren Köpfen beim Bildermachen, der erste Kuss als Paar, die Kutschfahrt, das Essen, das Feiern...
Doch werde ich euch im nächsten Kapitel an Details teilhaben lassen...

... denn es war einfach nur schön...

Als wir am Abend im Bett lagen, legte ich meinen Kopf auf ihren Bauch und horchte hinein. Guten Tag du kleines Wesen, jetzt kannst du später einmal sagen, ich war bei
der Hochzeit meiner Eltern dabei..., ich küsste meine schon schlafende Frau

noch einmal auf die Wange, danke, das es dich gibt, danke , das du mich liebst...

Nochmal... ein ganz leises...es war einfach nur schön...

Ich schlug die Augen auf und schaute mich um. Mein Blick fiel auf das Fenster und siehe da, die Sonne schien. Ich blickte auf die Seite, wuschelige blonde Haare lugten aus den Kissen hervor. Ich beugte mich über sie und roch daran, ein Duft von Apfel stieg mir in die Nase. Ich strich ihr die Haare aus dem Gesicht, ein missmutiges Knurren kam aus dem Kissen..., ich schaute auf die Uhr, huch es war ja erst kurz nach sechs. Lange konnte ich meine Finger aber nicht bei mir behalten und so nahm ich ein weiteres Knurren in Kauf....lass mich doch noch ein bißchen schlafen...mach doch du auch nochmal die Augen zu...

Geht nicht Schatz, wir heiraten heute..., aber doch nicht gleich, murmelte sie schlaftrunken. Es war der 10.März, heute wollten wir tatsächlich heiraten. Ich schlug die Bettdecke zurück, zog meinen Rollstuhl zu mir und wollte mich gerade reinsetzen, da zog sie mich wieder ins Bett zurück und sagte, komm kuscheln. Und das war etwas, wo ich nie nein sagte. Aber der Himmel und die liebe Schwiegermutter wollten uns das nicht gönnen, denn schon klopfte es an die Tür, Martina, der Friseur kommt schon um halb acht, steht bitte auf.
Tja, daß wars dann mit dem Kuscheln. Draussen saß auch schon mein Trauzeuge, der mich abholen würde, denn nun durfte ich sie nicht mehr sehen, bis an den Altar. Und die hielten das ein, jedes mal, wenn ich spieken wollte, schraubte jemand anders an ihr herum und scheuchte mich weg. Ich war schnell fertig, geduscht, rasiert, dann in meinen blauen Samtanzug rein, die Fliege gebunden, den Trauzeugen mindestens zwei Dutzend mal gelöchert, ob er auch die Ringe nicht vergessen

hätte. Wir hatten uns entschieden, eigene Eheversprechen abzugeben, daß war was Neues, und unseren Müttern ein Dorn im Auge. Es reicht doch, wenn der Pfarrer spricht, da braucht ihr doch nicht auch noch reinzuquatschen...war der Tenor.

In der Zwischenzeit war mein Vater eingetroffen, in seiner Galauniform, er hatte meine 89jährige Großmutter dabei, sie wollte unbedingt ihr Hochzeitsgeschenk loswerden. Ich erklärte ihr, daß die Geschenke erst später im Lokal empfangen werden sollte. Aber sie hatte nunmal ihren eigenen Kopf und stopfte mir eine Briefumschlag in meine Anzugtasche, wo ich ihn natürlich prompt vergaß...Mit Folgen, wie sich später herausstellen sollte...
Um 11.00 Uhr machten wir uns zu Fuß auf in die Kirche, mit meiner Beherrschung war es fast vorbei... 10 Minuten später waren wir da, ich musste noch eine Zigarette haben, Martina, zu dieser Zeit strikte Nichtraucherin!!!, warum war ja allgemein bekannt, Nadja war ja schon mit dabei, bei unserer Hochzeit, jedenfalls hatte sie mir das Versprechen abgenommen nicht vor dem Brautkuss zu rauchen..., aber da gab es ja die Geschichte mit dem schwachen Fleisch und dem willigen

Geist... Jedenfalls folgten der Zigarette unzählige Pfefferminzdrops und Kaugummi. Und mir war soooooooo schlecht....

In der Kirche dann nahmen wir Aufstellung vor dem Altar, es waren noch 10 Minuten, Pfarrer Kabus blickte schon mal hinter dem Vorhang hervor. Von der Braut war aber weit und breit nichts zu sehen. Sie saß zu Hause auf der Toilette und übte schon mal Schwangerschaftserbrechen, eingewickelt in alle möglichen Handtücher, um das Kleid möglichst von der Körperflüssigkeit fernzuhalten. Eine weitere Person kümmerte sich um die Haare, um auch die möglichst aus der Schußlinie zu bringen.
Dann liebe Freunde kam sie, an der Hand ihres Vaters, die schönste Frau, die ich je gesehen hatte...Nichts zu sehen oder zu spüren von ihrer Unpäßlichkeit... Ich hatte vergessen, daß man einen Unterkiefer und einen Oberkiefer aufeinanderlegen konnte. Und es begann, genau so schön, wie ich es mir vorgestellt und erträumt hatte...

Wie im Traum hörte ich dem Pfarrer zu, ich konnte meine Blicke nicht von ihr

lassen, da war sie, die Liebe meines Lebens, bereit mit mir ein Leben zu teilen, von dem wir noch so garnichts wußten und ahnten...
Dann war es Zeit für unsere Eheversprechen, unsere kleinen Zettel, die Martina beide in einem Amulett immer bei sich trug und die ich ihr mit gab über die Regenbogenbrücke...

Ich sagte:

Wie habe ich mich nach dir gesehnt, habe geträumt, einen Augenblick dir nahe zu sein.
Der Augenblick hat mich schon glücklich gemacht, doch er ist mir nicht mehr genug - selbst eine Stunde ist nicht mehr genug, ein Tag ist nicht mehr genug.
Ein Leben lang muss es schon sein.
Darum sage ich ja, ja, ich nehme dich aus Gottes Hand, ich will dich lieben, dich achten und dir treu sein, solange ich lebe.

Sie sagte:

Ich fühlte mich hingezogen zu dir, wollte dir nahe sein. Nun bist du ein Teil von mir. Ich bin ein Teil von dir, so nahe sind wir uns nun.
Mein Leben ist neu durch dich. Darum

sage ich ja, ja, ich nehme dich aus Gottes Hand. Ich will dich lieben, dich achten und dir treu sein, solange ich lebe.

Dann tauschten wir die Ringe und wir küssten uns und vergaßen alles um uns herum....

Es kam die Kutsche, jene Kutsche, die sich Martina so sehr gewünscht hatte...mit jenen Pferden, die sie vor ihrem Unfall geritten hatte...sie weinte so sehr, ich konnte sie kaum trösten...

Die Feier war schön, es wurde viel gelacht, viele Späße und Spiele wurden gemacht, die Braut wurde entführt, es wurde viel gegessen und getrunken und dann kam der Moment, als wir unsere Geschenke auspackten...

Mir fiel siedendheiß ein, da war ja noch der Briefumschlag meiner Großmutter...Ich ging zu meinem Platz, wo meine Jacke am Stuhl hing, doch es war kein Briefumschlag darin.....Mir wurde heiß und wieder kalt, ich schaute voller Hoffnung auf den Boden, aber da war nichts.

Verzweifelt schaute ich auf und auf einmal kam unser Kutscher zur Tür herein....In der Hand hatte

er....jaaaaaaaaa, einen weißen Briefumschlag, der mir beim Umsetzen vom Rollstuhl in die Kutsche aus der Tasche gefallen war....

So neigte sich ein wunderschöner Tag dem Ende zu, vielleicht sollte ich noch erwähnen, daß Martina's Cousin Robert meine Pflicht, meine Frau über die Schwelle zu tragen, übernahm, was mir überhaupt nicht gepasst hatte... aber das war noch nicht mal ein Wermutstropfen...
Es war einfach nur schön...

Als wir am Abend im Bett lagen, legte ich meinen Kopf auf ihren Bauch und horchte hinein. Guten Tag du kleines Wesen, jetzt kannst du später einmal sagen, ich war bei der Hochzeit meiner Eltern dabei..., ich küsste meine schon schlafende Frau noch einmal auf die Wange, danke, das es dich gibt, danke , das du mich liebst...

Noch ein ganz leises...es war einfach nur schön...

Mein Schatz, du hast mir so unendlich viel gegeben, über drei Jahre mußte ich nun schon ohne dich aushalten in dieser grausamen Welt, die so leer und kalt ist ohne dich..., so lange wünsche ich mir

schon zu dir gehen zu dürfen, ich verspreche dir, der Tag wird kommen...

liebe Freunde,

heute habe ich mich entschieden etwas von der Timeline abzuweichen, um euch Martina in einem Video näherzubringen.

Es war Februar 1998 als ich mich eines Abends entschloss ein Mail an Kai Pflaume von "Nur die Liebe zählt" zu senden. Es war nur ein Versuchsballon, ich wollte Martina für all die Ehejahre danken, dachte aber nie daran, jemals eine Antwort zu erhalten.

Ihr werdet es nicht glauben, aber ungefähr 10 Minuten später klingelte in

Swasiland unser Telefon und es war...die Redaktion von "Nur die Liebe zählt", die mir mitteilte, das ein Interesse seitens RTL
besteht, eine Episode mit uns im südlichen Afrika zu produzieren.

Oh Gott, was nun...ich wusste, das Martina kein Freund von öffentlicher Aufmerksamkeit war...aber trotzdem zwickte mich der Schabernack und die Freude auf eine Überraschung. (Ich hatte dies schon in einer Geschichte zuvor erwähnt, das ich Überraschungen liebe...).
Außerdem waren wir regelmäßige Konsumenten von "Nur die Liebe zählt." Und...Martina mochte Kai Pflaume sehr...

Dann hatte ich den Stein losgetreten und er nahm seinen unaufhaltsamen Gang...

Erst musste ich am Telefon vorsingen, ob meine Stimme überhaupt ausreicht, um im Fernsehen zu singen. Als das geklappt hatte, musste ich nach Deutschland, genauer gesagt nach Köln in ein Tonstudio, um einen Song aufzunehmen. Nach der Musik von Elton John's, "Lion's King". Von Textern wurde dann ein passender Text

geschrieben, allerdings war dieser Text "glattgebügelt", d.h. das meiste stimmte so nicht, was im Song vorkam, aber der Dramaturgie des Fernsehens war ich nicht gewachsen, man sagte mir die Story müsste etwas aufgepeppt werden.

Nun ja, mitgefangen, mitgehangen, ich hatte es angezettelt, also musste ich die Suppe auslöffeln... Ein Vertrag hatte ich ja schon unterschrieben, der unter anderem eine Konventionalstrafe von 250.000 DM vorsah, sollte Martina was merken und dadurch die Sendung platzen.

Es war schlimm, Leute,... 4 Monate lang mussten wir, Nadja, meine Älteste und ich, Martina beschwindeln.

Dann näherte sich der große Tag, als Martina überrascht werden sollte. Am Sonntag zuvor saßen wir wie immer vor dem TV und schauten "Nur die Liebe zählt."
(Zur Erklärung. Im südlichen Afrika gibt es auf Grund großer deutscher Population, einen PayTV Sender mit dem Namen Deukom, der 7 deutsche

Programme anbot.)
Es ruschte mir so raus, ich spielte schon immer gern mit dem Feuer...
"Du, Spatz, weißt du was, bei "Nur die Liebe zählt." melde ich uns auch mal an.

"TOTENSTILLE... Aus tiefster Seele kam dann die Antwort...
"Wenn du das machst, lasse ich mich scheiden!" Ich fühlte mich wie ein Gegner von Mike Tyson nach dem 3. Niederschlag.

Ändern konnte ich nichts mehr...250.000 Ocken tanzten wie wild vor meinen Augen. Meinte sie das wirklich ernst? Nu ja, wird schon nicht so schlimm werden...zur Not kriegt sie halt ein Küsschen von Kai Pflaume, das wird die Sache schon wieder wettmachen.

Am Montag morgen dann, lag meine Süsse mit 39 Grad Fieber im Bett.
Wir weihten unseren Hausarzt ein und baten ihn, sie so schnell als möglich, also bis Donnerstag morgen, wieder fit zu bekommen.

Gott sei Dank klappte es gerade so, Nadja sagte, laß uns in die Stadt gehen, komm ich schminke dich und zieh dir was Nettes an.

Martina erzählte mir später, das sie nicht wusste, wie ihr geschah...
Sie sollte es dann bald merken...*gg*

Ich war zu diesem Zeitpunkt schon im Krüger National Reserve Park, wo RTL eine ganze Lodge gemietet hatte, mein Part war schon abgedreht, jetzt wartete nur noch der Song auf mich...

Kai Pflaume hatte meinen Türschlüssel und latschte mit seinem Team in unser Schlafzimmer, wo Martina sich gerade fertig machen wollte, um in die "Stadt" zu gehen...*g*

Ich habe sie eigentlich NIEMALS fassungslos gesehen, aber den Blick mit dem sie Kai Pflaume ansah... "Äh ja, hallo"...krächzte sie und Kai Pflaume fragte sie "Weißt du, wer ich bin?" Ein irres Lachen brach aus ihr heraus..."JAAAAAAAAAAA" "Hast du Lust mit mir zu verreisen." Dann brach das Weibchen wieder durch... "JAAAAAAAAAA, aber ich muss mich erst noch ein bisschen schminken.

Liebe Freunde, den Rest seht ihr auf einem kleinen Video..die gesamte Sendung konnte ich hier nicht einstellen, nur das Wichtigste, denn die Episode dauerte insgesamt fast 34 Minuten...

schaut es euch an, erfreut euch daran und lernt sie kennen...

morgen geht es dann mit 1977 weiter...

Wir haben es geschafft. Wir sind Herr und Frau Lauer. Was war anders? Wir sind verheiratet, wir sind eine Familie.

Wie geht es nun weiter..., denn der Alltag holte uns ein mit aller Macht.

Wir mussten uns überlegen, wie unser Leben nun weitergehen soll. Immerhin war Martina schwanger und die Verantwortung für bald 2 Menschen lastete auf mir.

Martina wollte in ihren früheren Beruf zurück, immerhin war sie Krankenschwester, das war aber nicht mehr möglich.

Auch mein früherer Beruf war mir verschlossen, ich war Bundespolizeibeamter im BGS.

So mussten wir von Null anfangen.

Das Arbeitsamt sollte nun helfen und verbrachte uns in ein Berufsbildungswerk in Heidelberg. Aber als dann bekannt wurde, das Martina schwanger ist, wurde ihr nahe gelegt, doch bis nach der Schwangerschaft mit einer Berufsbildungsmaßnahme zu warten.

Auch meine Maßnahme endete mit der Empfehlung, ich sollte doch studieren. Unsere Wohnsituation wurde auch nicht besser. Wir fühlten uns immer mehr kontrolliert und bemuttert.

Wir mussten eine eigene Wohnung haben. Also, ging es an die Suche.
Es musste ausreichend weit weg sein, um ständige Besuche unserer Mütter zu unterbinden, allerdings nicht zu weit weg, wenn mal Hilfe notwendig war... Heidelberg war eine gute Idee. Wir

fanden in einem Wohnsilo namens Emmertsgrund ein bezahlbare 2 Zimmer Wohnung. Unser Umzug ging auch schnell über die Bühne, wir hatten eine Doppelbettmatratze und einen Fernseher, eine 2 Platten Herd und einen Kühlschrank. Geschirr klauten wir bei unseren Eltern...*g*.

Aber....wir hatten eine Fototapete eine Palme am Strand. Das Problem, die musste irgendwie an die Wand und das Wort "Tapezieren" konnte ich noch nicht mal schreiben...
Doch irgendwie kam das Monster an die Schlafzimmerwand, mit dem Effekt, das wir uns morgens beim Aufwachen immer erst sagen mussten, "NEIN, WIR WERDEN NICHT ERTRINKEN"

Martina erbrach sich durch die nächsten 8 Wochen und ein kleines Bäuchlein war auch schon zu sehen.

Eines morgens sagte mir Martina, "du Spatz, lass uns mal schnell zum Frauenarzt fahren, irgendwas stimmt nicht."
"Was ist los?" fragte ich verstört, etwas bedrohte unser bis dahin unbeschwertes Leben... "Ich habe Blutungen!"

So schnell waren wir noch nie im Auto und auf dem Weg zum Frauenarzt.
Dort angekommen, nach der Untersuchung, wies der Doktor Martina in die Uni-Frauenklinik ein. Sie hatte vorzeitige Wehen und eine Gestageninsuffizienz, das sollte sie forthin durch alle Schwangerschaften begleiten...
Am Tropf und still liegen waren nun bis zur Geburt ihr Tagesablauf...

Ich versuchte in der Zwischenzeit einen Studienplatz in Heidelberg zu ergattern,

Zu allem Überfluss arbeitete ich in einer Abteilung der Uni-Kinderklinik, ich machte Nachtsitzwachen im Moro-Haus der Uni-Kinderklinik. Mein Job war es, bei behindert geborenen Säuglingen, deren Zustand kritisch war, zu sitzen und zu überwachen, um sofort einen Arzt zu rufen, sollte sich irgendwas am Zustand des Kindes ändern.

Was ich da zu sehen bekam, reichte aus, um aus Martina und unserem Baby, die bestüberwachtesten Patienten in den Uni-Frauenklinik zu machen.
Glaubt mir, so oft wie bei Martina, wurde zur damaligen Zeit niemand ultrageschallt...*ggg*

So gingen die Monate dahin, bis Martina mich eines Morgens weckte und sagte, du, ich glaube, es ist soweit.....

AAAARRRRRGGGGGGG.........

Noch ein kleiner Nachtrag, leider sind alle Schwangerschaftsbilder von Martina, als sie mit Nadja schwanger war, noch in Afrika...(davon später mehr...), daher gibt es heute nur zusätzliche Bilder in den schon bekannten Alben...

...freut euch aber, morgen gibt es dafür Bilder satt...

...heute ein paar Worte in eigener Sache. Als ich 1977 den Rollstuhl wieder in die Ecke stellen durfte, war es mir nicht bewusst, das ich 1999 wieder im Rollstuhl landen würde, nicht direkt

wegen einer Krankheit, sondern wegen einer Krankheit, die andere zu verantworten haben. (davon später mehr...). Ich hatte seit 1999 vier Schlaganfälle und Nierenversagen mit zeitweiliger Dialyse, sowie eine schwere Polyneuropathie, die mich fentanylpflichtig werden lies...(schweres Schmerzsyndrom). Eigentlich ist mein Leben begrenzt und ich sollte eigentlich schon lange vor ihr gegangen sein...

ich bin heute nicht in der Lage viel zu schreiben, ich habe sehr schlimme Schmerzen...aber versprochen. morgen geht es ganz bestimmt weiter...

ich wollte mich doch kurz noch einmal zu Gehör bringen.

Liebe Freunde, nichts, auch nicht der schlimmste Schmerz, wird mich davon abhalten, diese Seite weiter zu betreiben, das bin ich meinem Schatz schuldig.

Und wenn ich dann auch endlich gehen darf, will ich ihr davon berichten, wieviele liebe Menschen es auf dieser Welt gibt...

Spät kütt er, doch, er kütt...

sorry, for being late.... aber heute reichte mein Kraft nicht, um meine Knochen frühzeitig aus dem Bett zu hieven...

...erinnert euch, Martina sagte, ich glaube, wir müssen ins Krankenhaus, es geht los...und es ging los, es ging sogar rund.

So schnell hatte ich noch nie eine Schwangere, 2 Rollstühle und einen Koffer in unser Auto verfrachtet.

Geschwindigkeitsbegrenzungen, rote Ampeln, Zebrastreifen, alte Omas, das alles interessierte mich nicht.
Simpel gesagt, es hätte für 3 Führerscheine gereicht.

Wir kamen an, wie, das weiß ich heute nicht mehr, aber wir waren heile. Parkplatzsorgen hatte ich auch keine, der Chefarztparkplatz war ja frei...

Der Aufzug brauchte heute auch so extrem lang, Martina sah mich an, wie man einen Irren anschaut. "Schatz, wenn du so weiter machst..."

Zu eurem Verständnis noch eine Info, Martina hatte nur einen sehr kleinen Bauch, mit ihrem Blüschen sah man kaum, das sie im 9. Monat schwanger war.
Ich drückte leicht die Klingel zum Kreisssaal, aber maximal 3...nicht Sekunden..was denkt ihr denn. Der Knopf hatte das "leicht" aber eher missverstanden und fiel zu Boden und es hörte nicht mehr auf zu klingeln.

Endlich, eine Hebamme öffnete..."Lassen sie doch mal die Klingel los..." Ich hob meine Hände, "haben sie mal einen Schraubenzieher?" sagte ich kleinlaut. Hatten natürlich keinen, aber ein Streichholz tat es dann auch, womit die anderen nach mir klingeln, das war mir soooooo egal...

"Ja bitte?" Meine Frau ist schwanger...die Gute sah das einfach nicht, das meine Frau schwanger war, im 9. Monat!!! "Ja, wie weit sind wir denn?" "Haben sie vorzeitige Wehen?" Mein Aufschrei kam prompt, "NEEEIIIIN, das Kind kommt, die Wehen kommen alle 2 Minuten."

"Wir kommen zur Entbindung!" röhrte ich halberstickt. "Dann zeigen sie mir mal ihren Mutterpass." Als ich mich zu Martina umdrehte, sah ich noch aus den Augenwinkeln, das internationale Zeichen für durchgeknallt in meine Richtung und ein süffisantes Lächeln..."Ja, mein Schatz, ist ja alles gut." sagte sie zu ihrem kranken Pferd...also mir...

Aber wir waren drin! SO! Jetzt geht es los...dachte ich...aber keiner schien sich irgendwie aufzuregen. Meine Frau lag mittlerweile im Bett, die Hebamme schaute nach dem Muttermund, "oooch Gottchen, zwei Zentimeter, da haben wir ja noch ein bisschen Zeit. Sie schloß die Sensoren an, für Herztöne und Wehenstärke und ging wieder raus.

Ich hatte mittlerweile meinen roten Schal wieder ausgezogen..(meine

Zunge), und stand verloren im Zimmer herum. "Schatz, hast du eigentlich heute schon was gegessen?" fragte sie. "Nööö, ich brauch doch kein Essen. "Aber nicht, das du mir umkippst." sagte die Krankenschwester in ihr...und sie sollte recht behalten. Als die letzte Wehe kam und Nadja schon fast geboren war, lag ich auf der Erde, neben dem Bett und die Hebamme und der Arzt schoben meinen Rollstuhl weg und mich unters Bett, ich lag im Weg rum...

...dann, aus einer Süßen mach zwei Süße...der Beweis unserer Liebe lag in den Armen ihrer stolzen und erschöpften Mama, und ich...

...lag in den Armen einer Hebamme, die mir ein Riechsalz in die Nase stopfte. Dann kam der Mediziner in mir durch, wie war denn der Apgar... 9, 10 ,10...besser geht's doch gar nicht dachte ich stolz, obwohl ich dafür ja nun gar nichts konnte...

Mann, Leute, was war die klein, später wurde es mir dann bewusst, das mein Spatz keinen Elefant zur Welt bringen konnte. Ich nahm sie vorsichtig hoch... 2750 Gramm und 49 Zentimeter...und eine Röhre wie ein startender Jumbo. Das kann ja heiter werden...und ja, das wurde es...

Liebe Freunde, ich habe noch ein paar schöne Bilder gefunden, schaut euch die Alben alle noch mal an...

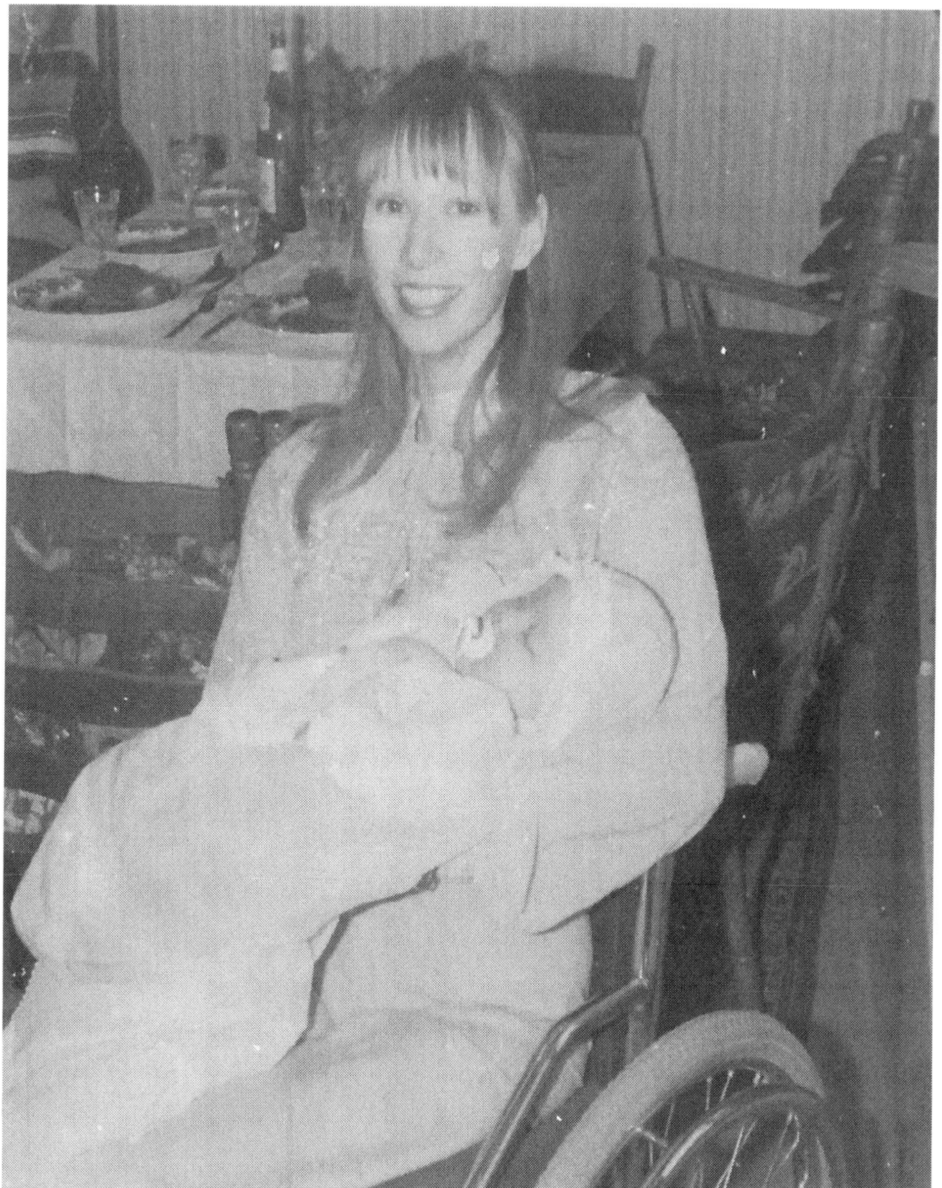

Morgen will ich nochmals aus der Timeline rausspringen und zwar ins Jahr 1999. Ich sollte euch, glaube ich, erzählen, wie und warum ich in den Rollstuhl zurück musste... Es ist keine schöne Geschichte, aber Martina spielte hier eine sehr wichtige Rolle, was mein Leben anging...

Wer heute eine leichte beschwingte Geschichte erwartet, der sollte dann lieber nicht weiter lesen... auch schwache Nerven sollten lieber Abstand nehmen...

Nach dem 3 jährigen Vertrag mit einer südafrikanischen Firma, beschlossen wir in Swasiland zu bleiben. Ich kaufte von einem Freund, der sich zur Ruhe setzen wollte, die Firma und machte mich selbstständig, was schon immer mein Traum war. Es lief auch hervorragend und schon nach kurzer Zeit waren meine Dienste als Netzwerkspezialist und Gutachter in Swasiland sehr gefragt und die Firma nahm einen enormen Aufschwung. Ein Großauftrag machte mich schon nach einem Jahr zum Randmillionär.

Was ich allerdings immer verdrängte, war die Tatsache daß ich mich in einem Land befand, das eine absolute

Monarchie hatte. Auf gut Deutsch, eine Diktatur. Berichte über Folterungen von Verhafteten, Misshandlungen von politischen Gefangenen schienen uns so weit weg, es wird uns schon nicht betreffen, so schien es uns. Meine Bekanntschaft mit Jan Sithole schien mir auch nicht relevant. Das er der Führer der SFTU war...na ja...es sollte sich rächen...

Bis zu jenem verhängnisvollen Abend des 04.01.1999...

Martina und meine Schwiegermutter, die auf Besuch bei uns weilte, hatten Lust auf ein Eis. Da ich jeden Abend sowieso zur Tankstelle fuhr, um meinen Wagen aufzutanken, sagte ich meinen 5 Nervensägen zu, Eis mitzubringen.
Ich fuhr in die Tankstelle, tankte zuerst und ging dann an den Schalter und verlangte 5 Eis. Ich packte es in meinen Kühlbeutel, den ich extra dabei hatte und wollte wieder in mein Auto steigen. Aus dem Schatten kam Selby, ein Bekannter von der Football Association of Swaziland, auf mich zu und sagte: "Kannst du mich ein Stück mitnehmen." Dies hatte ich schon öfter getan, daher war es keine Frage, das ich ihn einsteigen lies. Er stieg auf der Beifahrerseite ein und hatte zwischen seinen Knien eine Plastiktüte, der ich aber keinerlei Bedeutung zumaß. Ein

Fehler, wie sich später herausstellen sollte.

Gerade als ich den Motor starten wollte, riss jemand an beiden Seiten die Türen auf, zog uns beide aus dem Wagen und schmiss uns auf den Boden und vor lauter Geschrei, dachte ich zuerst, mein Gott, ein Überfall. Dann sah ich uniformierte und Zivilpolizisten. Auf dem Boden liegend, trat mir jemand mit voller Wucht in die Genitalien, kniete sich auf meinem Rücken und legte mir Handschellen an. Noch immer wusste ich nicht, was los war..., mir wurde schlecht.

Ich wurde hochgezogen und in ein Polizeiauto gestoßen. Die Polizisten fuhren los, ich, immer noch völlig ahnungslos fragte ich die beiden Polizisten auf den Vordersitzen: "Whats going on?" Ich erhielt aber keine Antwort.
Auf der Polizeistation wurden wir beide in einen Raum geführt und dann brachte ein anderer Beamter Selby's Plastiktüte und kippte sie vor uns aus. Geld lag vor uns und zwar südafrikanische Rand, alles 200 Rand Noten, insgesamt wie sich später herausstellte fast 100.000 Rand. Nicht viel, 1 Euro = 10 Rand, zum damaligen Zeitpunkt.

Dies ist Falschgeld, sagte ein Polizist. Ich drehte mich zu Selby um und fragte ihn: "Was hast du da gemacht?" Selby sprach aufgeregt zu den Polizisten, allerdings in SisWati...Ich verstand nur wenig, glaubte aber heraushören zu können, das er den Beamten sagte, Mister Lauer hat damit nichts zu tun... Ein Missverständnis, dachte ich damals noch hoffnungsfroh, aber spätestens, als man mich in eine Zelle brachte, schwand diese wieder.
Ein paar Minuten später brachte man mich im Auto zu meiner Wohnung, wo die Polizei dann alles auf den Kopf stellte.

Ich hatte die Chance, ein paar Worte mit Martina zu wechseln. Kurz erklärte ich ihr die Situation, aber viel wusste ich zum damaligen Zeitpunkt ja selbst noch nicht. Wieder zurück auf der Polizeistation sperrte man mich wieder in eine Zelle. Ein Raum von 20 qm, mit bereits 14 Personen belegt. Die Bedeutung eines Loches in der Mitte des Raumes war mir noch nicht klar...
An Schlafen war nicht zu denken, so dämmerte ich vor mich hin, bis dann morgens das "Frühstück" serviert bekam. Ein Blechnapf mit einer undefinierbaren weißen Pampe aber kein Löffel...

Es war Feiertag in Swasiland, daher konnte Martina keinen Rechtsanwalt oder sonst jemand erreichen. Am Abend dann holte man mich aus der Zelle und brachte mich in einen Raum, der mit Eierkartons tapeziert war...??? Man band mir mit Handschellen die Hände an einen Stuhl. Ein Mann in Zivil kam auf mich zu. So, Herr Lauer, jetzt sagen sie mir mal, was sie mit dem Falschgeld wollten?
Ich schüttelte den Kopf, "das gehört mir doch gar nicht," sagte ich.

Der Mann, wie sich später herausstellte, ein Spezialist für besondere Vernehmungen, sagte zu mir, das ich nur eine Chance hätte hier wieder raus zukommen, wenn ich alles gestehen würde. "Aber was soll ich denn gestehen? "Na ja, dass dieses Falschgeld von dir hergestellt worden ist."
Ich schrie fast..."nein, Selby hat es mit ins Auto gebracht, es ist nicht von mir!"
"Er hat ihnen doch gesagt, dass ich nichts damit zu tun habe."
Er zuckte mit den Schultern, "na gut, du hast es nicht anders gewollt..."

Ich war nie gut in Schmerzen ertragen, beim geringsten Anzeichen von Kopfschmerzen, schmiss ich sofort eine Tablette ein...

In den nächsten 4 Tagen brachte man mir bei, was Schmerzen sind. Mir wurde mehrmals ein Schlauch über Mund und Nase gezogen und erst als ich kurz vorm Ersticken war, löste man ihn wieder, das nannten die freundlichen Polizisten "Tubing". (Dieses wiederholte "Tubing" löste bei mir Blutungen im Gehirn aus, welche dann am 17. und 21.2.1999 zwei Schlaganfälle auslösten, die unbehandelt blieben). Man schlug mir mit einem Vierkantholz auf die Schienbeine.

Was "Waterboarding" bedeutet, habe ich schon lange vor euch gewusst...sehr subtil, aber sehr wirksam...ich dachte, ich ertrinke... Die Schläge zwischendurch waren eine regelrechte Erholung. Es wurde aber immer peinlich genau darauf geachtet, das es keine Spuren im Gesicht hinterließ. Nur Martina, die mich besuchen durfte, sah an meinen blutunterlaufenen Augen, dass irgendwas mit mir nicht stimmte. Deutsch sprechen war aber verboten, so konnte ich niemand mein Martyrium mitteilen.
Die nächsten Tage verliefen in einem ähnlichen Rhythmus. Aber die

Schweine, wie ich sie mittlerweile innerlich bezeichnete, fanden immer neue Spielchen, die sehr weh taten, oft bis zur Bewusstlosigkeit.
Ein Feuer im Wald, das nannte man "Braai" (Grillfest), man wurde mit den Füssen an einen Baum gehängt, und darunter war ein Feuer. Solange man noch Kraft hatte, konnte man den Flammen ausweichen, aber lange hielten die Kräfte meistens nicht vor.

Pausen gab es nur, wenn andere Gefangene "dran kamen". Mehr als einer kam nicht in die Zelle zurück...................
Spielchen mit Schusswaffen am Kopf und abdrücken, waren noch die harmloseren Sachen, obwohl ich mehrmals unter mich machte...
Der Höhepunkt kam, als ich am vierten Tag wieder mal geholt wurde.
Man zog mir die Hose herunter und Mr. David M. und Mr. Jomo M. zerquetschten mir mit einer Wasserpumpenzange den linken Hoden...(Der musste später entfernt und durch ein Implantat ersetzt werden).

Ein Geständnis habe ich nie abgegeben, trotz allem, denn ich war mir keinerlei Schuld bewusst.

Am 5. Tag wurde ich dann einem Richter

vorgeführt, der mich ins Untersuchungsgefängnis überführen lies.

Das Martyrium war aber noch nicht zu Ende...Im Gefängnis, eine Halle gebaut für 30 Mann, Belegung war aber zum damaligen Zeitpunkt 94 Mann und ich der einzigste Weisse...

Was das bedeutete, sollte mir bald auf eine furchtbare Art und Weise klargemacht werden. Schon in der ersten Nacht wurde ich von 5 Insassen mehrfach vergewaltigt. Ich musste später mit 17 Stichen genäht werden.

Im Gefängnis bekam ich zwei Schlaganfälle, und obwohl Martina anbot, einen Arzt unserer Wahl zu bezahlen, wurde dies abgelehnt. Ich wurde ins Gefängniskrankenhaus überstellt und vegetierte bis zum Zeitpunkt meines Freispruches wegen erwiesener Unschuld, siebeneinhalb Monate im Gefängnis.

Der einzigste Halt in dieser Zeit, war meine Frau, die mich jeden Tag besuchte und mir Essen brachte, die mich nach dem zweiten Schlaganfall ohne Hilfe eines Arztes wiederbelebte,

die Himmel und Hölle in Bewegung setzte, beim Auswärtigen Amt und der Botschaft, meine Kinder, die mich besuchten und dann auch traumatisiert wurden, als man mich in ihrem Beisein mit Schlagstöcken (damals war ich schon gelähmt) verprügelte.
Martina besorgte mir den besten Anwalt von Swaziland, der mich dann am 10.08.1999 aus dem Gefängnis frei bekam.

Ohne Martina, wäre ich in diesem Gefängnis gestorben!!!

die gesamte Gerichtsverhandlung kann man sogar im Internet nachlesen, wer englisch kann...da konnte ich aber auf Anraten meines Rechtsanwaltes, mein gesamtes Martyrium nicht zur Sprache bringen.

OBSERVER
Wednesday August 11, 1999 The Newspaper that serves the Swazi Nation Price: E1:30

FREE AT LAST... PREMIER League referee Peter Lauer was yesterday freed on charges of possession of counterfeit banknotes worth E99 800. In the picture on the left, he is congratulated by Regional Commander Mike Mango and on the right, his wife and daughter. Pics by Len Mohale.

Top referee Peter Lauer is acquitted

'I am happy, I knew that I'd win the case'

By Thulani Mthethwa

[illegible]BABANE- Premier League of [illegible]aziland (PLS) referee Peter Lauer was [illegible]ted by the High Court yesterday, seven [illegible]nths after he was arrested on charges [illegible]being found in possession of about [illegible]99 800 counterfeit banknotes.

[illegible] burst into tears of joy inside the [illegible] immediately after High Court Judge Justice Stanley Maphalala acquitted and discharged him on the charge of being found with E99 800 counterfeit banknotes.

The Judge ordered that a scanner and a paper cutting machine (guillotine) allegedly used in producing the counterfeit notes be returned to Lauer.

"I am happy about the judgement and I knew I would win the case," said an overjoyed Lauer.

He was represented by Mbabane lawyer Peter Dunseith while Director of Public Prosecutions (DPP), Lincoln Ng'arua prosecuted.

Justice Maphalala acquitted Lauer after discrediting two main crown witnesses, police officers Sergeant David Magagula

CONT On Page 2

liebe Freunde, ich konnte hier nur einen kurzen Überblick geben, auch weil ich unter Panikattacken und einer hochgradigen posttraumatischen Belastungsstörung leide... es ist mir schwer gefallen dies zu schreiben, aber es gehört zu unserem Leben... und es zeigt, dass meine Frau wie eine Löwin um mich und unsere Liebe gekämpft hat...

Fortsetzung folgt..., aber dann wieder von einer schönen Sache...

...MEINER LIEBE ZU MEINER FRAU!!!

Als Nadja mit uns nach Hause durfte, war doch eine Woche vergangen. Wir hatten warten müssen, bis Nadja wieder zunahm, da sie doch so ein Leichtgewicht war...

Zu Hause war unser Leben mit unserem kleinen Würmchen nicht mehr wiederzuerkennen. Wir hatten unsere Kleine bei uns im Schlafzimmer und die Nächte waren wirklich sehr kurz...oder sehr lang, es kam lediglich auf die Sichtweise an.
Aber wir liebten unser Leben, wir liebten unsere Kleine und wir liebten uns und wir waren sehr glücklich...

Wir wurden Dauergast im Autokino, unsere Kleine hinten auf der Rückbank am Schlafen und wir schauten Filme...oder auch nicht....*gg*

Dann kam die Zeit meiner, ich nenne es mal, Auferstehung...das Aufstehen aus dem Rollstuhl.

Entgegen dem Rat meiner Physiotherapeuten übte ich fleißig...aufstehen...in unserem Badezimmer. Martina lachte später und sagte, ich wusste, dass du übts, ich habe dich schnaufen und stöhnen hören.

Bis dann der große Tag kam. Ich durfte offiziell den Rollstuhl verlassen und mit Krücken weiterlaufen. Als wir es meiner Schwiegermutter sagen wollten, fiel mir ein Joke ein, auf den ich heute nicht mehr sehr stolz bin. Wir fuhren also nach Waldbrunn und ich lies mich wie üblich im Rollstuhl ins Haus bringen. Drinnen angekommen, stand ich einfach auf und...

Das Gesicht meiner Schwiegermutter zeigte nicht, was wir erwartet hatten. Sie drehte sich um und weinte...und ich verstand auf einmal, warum. Meine Scherz ist nach hinten los gegangen. Sie weinte, weil ich aus dem Rollstuhl kam und ihre Tochter wird nie die Chance

haben, den Rollstuhl jemals wieder zu verlassen...ich hätte mich ohrfeigen können.

Mein Studium ging weiter, aber nicht mehr mit dem selben Elan wie vorher. Ich machte mir Gedanken...noch mindestens 12 Jahre, bis ich als Facharzt Geld verdienen könnte, hatte aber eine Familie, die heute schon ernährt werden wollte.

Jeder Job war mir wichtig, ich fuhr Taxi, fuhr Sprudel und Kohlen aus und schleifte Geldsäcke für ein Geldtransportunternehmen. Aber es war knapp im Geldbeutel...

Wie fassten einen Entschluss, wir ziehen zurück nach Waldbrunn, da haben wir unsere Schwiegermutter als Babysitterin und ich kann dann auch arbeiten gehen, sagte Martina.

Gesagt, getan, wir zogen nach Waldbrunn. Martina fand einen Job...sie arbeitete am Fliessband, sie bestückte Platinen im Akkord..und alles das im Rollstuhl!!! Welch eine Frau!!!

Und ich? Ich wechselte den Studiengang, ging nach Karlsruhe und studierte Informatik. Die

Zukunftsaussichten waren riesig, die meistens Studenten hatten schon Jobs bevor sie das Studium abgeschlossen hatten.

Es brach mir das Herz, denn ich wollte Chirurg werden, das war schon immer mein Traumberuf. Aber aus rein wirtschaftlichen Bedingungen musste ich meinen Traum aufgegeben.

Ich war wieder Fußgänger, nach fast 2 Jahren konnte ich wieder laufen. Und ich nutze meine neugewonnen Freiheit...

ich konnte wieder laufen... der Rollstuhl stand in der Ecke. Das war ein Gefühl wie Weihnachten und Ostern an einem Tag...

Was das für Martina bedeutete, war mir zu diesem Zeitpunkt noch nicht klar. Ich war egoistisch, ich dachte nur an mich. Abends weggehen, Fussball spielen, einen Schiedsrichterlehrgang machen, Body Building und studieren...

Viel Zeit hatte ich zu diesem Zeitpunkt nicht für meine kleine Familie.
War es nur der Rollstuhl der uns zusammengehalten hat. NEIN, dazu liebte ich mein Frauchen viel zu sehr.

Aber die Verlockung war groß..., ein

junger Mann, der 18 Monate in einem Rollstuhl zubringen musste und nun das Leben wieder neu entdecken musste. Das dachte ich zu diesem Zeitpunkt...da kann sie dir doch nicht böse sein.

Böse war sie nicht, aber furchtbar traurig, wie ich später erfuhr.

Ein paar Mal ging ich abends aus, ohne sie mitzunehmen. Sie machte es mir aber auch leicht, sie wollte nicht weg, sie hatte auf Nadja aufzupassen, etc., mir kamen natürlich ihre Ausreden recht, so konnte ich mein schlechtes Gewissen beruhigen.

Die Abende waren schön, hübsche Mädchen machten mir Avancen und ich mittendrin und geschmeichelt. Mein Ehering tat sein übriges.

Es wunderte mich, wieviele Mädchen es gab, die TROTZ meines Ringes bereit waren mit mir zu tanzen und mir unverhohlen zu verstehen gaben, das das kein Hindernis zu sein bräuchte...und ich ein Teil davon.

An einem Abend dann der Höhepunkt...Ein sehr hübsches Mädchen küsste mich auf den Mund... und ich...
...rannte aus der Disco.

Was tu ich denn da? Ich habe meine

Liebe zu Hause sitzen und ich...

Erst geschmeichelt, dann irritiert, dann geschämt. Geschämt ob meines Verhaltens, geschämt, ob der Opfer, die sie jeden Tag für mich brachte. Oh, wie dumm bin ich doch gewesen.

Ich raste nach Hause, riss meine schlaftrunkene Martina an mich und sagte "Verzeih mir." "Ich habe nur an mich gedacht, ich habe nicht daran gedacht, wie du dich fühlen musst, wenn du mich herumlaufen siehst." Sie schob mich ein bißchen von sich weg, schaute mich an... und sagte: "Nein, das hast du nicht getan, du hast mich nicht betrogen." Aber der Kuss, beichtete ich ihr..."den haken wir ab unter "Hörner abstoßen" antwortete sie mit einem Lachen.

Was für eine Frau!!!

Allerdings, damit war es nicht ausgestanden, in den nächsten drei Wochen, war ich Schichtleiter im Hause Nadja Lauer...Nachtschicht, wohlgemerkt.

Ich hatte verstanden, liebe Freunde...nicht dass ich über Nacht zum Heiligen geworden wäre, das ging mir nun doch gegen die Natur...einem

schönen Mädchen MUSS man ganz einfach hinterherschauen..., aber ich merkte, wie zerbrechlich eine junge Liebe sein kann und wie schnell man irgendwas unwiederbringlich kaputt machen konnte.

Ausgehen tat ich immer noch, auch alleine, wie sagte sie immer?

"Hol dir ruhig Appetit soviel du willst, aber gegessen wird zu Hause....

Und das lies ich mir nicht zweimal sagen................

...es war eigentlich eine ereignislose Zeit, 1978 und 1979. Ich studierte und

malochte, Martina malochte und Nadja wuchs und gedieh...

Allerdings, im November 1979 kam Martina nach Hause, müde und abgespannt und legte sich nach dem Abendessen gleich hin. Ich brachte ihr die Kleine, denn eins ließ sie sich niemals nehmen; sie spielte jeden Abend mit Nadja.
Als ich nach einer Stunde nach ihr sah, hatte meine Kleine sich eine Tafel Schokolade aus der Schublade geholt. Das Schlafzimmer sah aus wie das Schlafzimmer des Sarotti Mohrs.

Und Martina...? Sie schlief..tief und fest, es war aber erst 19.30 Uhr.

Ich nahm meinen kleinen Mohr vom Bett, deckte Martina zu und schloss die Schlafzimmertür. Nur Minuten später, hörte ich, wie Martina aus dem Zimmer ins Bad stürmte und sich dann kurze Zeit später übergab.

Ich ging hinterher und fragte, "Hast du was falsches gegessen heute?" "Nein, noch überhaupt nichts," sagte sie. "Ich weiß auch nicht, woher das kommt...
Am nächsten Morgen, kurz nachdem ich aufgestanden war, ging das gleiche schon wieder los. Martina stürzte ins Bad und übergab sich.

Meine Medizinkenntnisse waren noch frisch...Herrgott, was kann eine Übelkeit nach auslösen. Ich gab ihr MCP-Tropfen, aber sie hing in den Seilen, wie ein Schluck Wasser in der Kurve. Und siehe da, schon waren die Tropfen wieder da...

"Also, ich bleib heute zu Hause", sagte ich "und du am besten auch. Leg dich wieder hin, ich hole unseren Hausarzt."

Sie legte sich wieder ins Bett und umarmte weiter ihren Lieblingseimer....

Gegen 12.00 Uhr kam dann unser Hausarzt, untersuchte sie und meinte, das es sich wohl um einen Magen-Darm Virus handeln müsse. Er nahm ihr Blut ab und eine Urinprobe. Wenn was sein sollte, melde ich mich morgen, sobald ich das Resultat vom Labor habe. Ich denke aber nicht, das es was Schlimmes ist.

Die Nacht verlief einigermaßen ruhig und am nächsten Morgen ging das gleiche Spielchen wieder los. Martina umarmte die Kloschüssel.

Ich entschied mich, noch einen Tag zu Hause zu bleiben, obwohl ich mir das gar nicht leisten konnte. Prüfungen für einen Schein standen an, ohne den ich nicht ins nächste Semester wechseln

konnte.
Ich rief den Hausarzt an und er sagte mir mit einem komischen Unterton, er käme gleich nochmal vorbei.

Als er dann kam, gingen wir ins Schlafzimmer zu Martina und strich auf dem Weg dahin, Nadja über ihr blondes Lockenköpfchen. Unsere Kleine hat den Hang, sich an Männerhosenbeinen festzuhalten und sich mitschleifen zu lassen.

Tja, Herr und Frau Lauer, eine Virusinfektion ist es nicht, aber ich schreibe ein paar Tabletten gegen .....

.....Schwangerschaftsübelkeit auf!!!!

Den Rest sollten sie mit ihrem Frauenarzt klären...

Siehe da, Martina, die noch in Schlierbach in meinen Armen geweint hatte, sie werde wohl nie Kinder haben....

...wurde schwanger, wenn man ihr nur tief genug in die Augen schaute...
Ich freute mir einen Ast, meine Schwiegermutter freute sich einen 2 stündigen Schluckauf...

Wir waren wieder schwanger...

Ich wusste nur eins, jetzt musste ich ganz schnell mein Studium abschließen, da ich Martina mit 2 Kindern ganz bestimmt nicht weiter arbeiten lassen würde. Und ich wusste, das es ihr gar nicht so unrecht war, wenn sie zu Hause bleiben konnte.

Am nächsten Tag gingen wir zum Frauenarzt, es war diesmal nicht unser Doktor, der Nadja geholt hatte, der Weg war einfach zu weit, um jedesmal nach Heidelberg zu fahren. Ich teilte dem Arzt noch mit, dass meine Frau an einer Hormonschwäche (Gestagenmangel) litt. Er sagte nur, das könnte man vernachlässigen, das wäre bei jeder Schwangerschaft unterschiedlich.

Außerdem sei er ein Gegner von Hormonen bei Schwangeren. Gleichwohl ich nicht damit einverstanden war, tolerierte ich doch die Meinung der Arztes.

Dies spielt im Folgenden noch eine, nicht unerhebliche Rolle.

Mit ihrem Mutterpass ging sie zu ihrem Arbeitgeber, der sie sofort aus dem Akkord herausnahm und sie an einen Schreibtisch setzte, sie sollte fortan in der Qualitätskontrolle arbeiten.

Die Wochen gingen dahin und die Übelkeit lies nach, alles schien in Ordnung zu sein.

Ich war in Karlsruhe, als im Studienbüro das Telefon klingelte. "Herr Lauer zum Telefon," kam über die Lautsprecheranlage.

Ich rannte zum nächsten Telefon, was ist denn da los, dachte ich...

Es war die Unifrauenklinik Heidelberg. "Herr Lauer, könnten sie bitte ganz schnell kommen, wir haben ihre Frau eben stationär aufgenommen."
So schnell, hatte ich noch nie die 55 Kilometer bis nach Heidelberg geschafft.
Was war geschehen, meine Frau hatte morgens bei der Arbeit festgestellt, dass sie Blutungen hatte, sie ging sofort zu ihrem Frauenarzt, der sie wieder zurück zur Arbeit schickte, mit den Worten, es sei normal, das manchmal in der Zeit der Menstruation, leichte Blutungen auftreten.

Als die Blutungen dann stärker wurden, fuhr sie nach Heidelberg zu unserem Frauenarzt in die Unifrauenklinik. Dort angekommen, wurde sie ohnmächtig. Als man sie aus dem Auto heraushob, war der gesamte Sitz bis zur Rückenlehne, blutverschmiert.

Nur eine sofortige Abrasio und mehrere Bluttransfusionen retteten ihr das Leben.
Die Ärzte sagten mir, dass wir unser Kind verloren hatten. Ich ging zu Martina, sie war aber noch nicht aus der Narkose aufgewacht. Ich erfuhr weiterhin, das die Gestagengabe im Fall meiner Frau unumgänglich gewesen wäre, auf einmal klickte bei mir ein Schalter im Gehirn.

Ich setzte mich ins Auto und fuhr nach Eberbach zu diesem Frauenarzt. Ich ging zu seiner Praxis, scherte mich nicht im Geringsten um irgendwelche Sprechstundenhilfen, die versuchten mich aufzuhalten. Doch er hatte mich wohl kommen sehen und wusste wohl auch schon Bescheid.

Dieser Feigling hatte sich in einem Sprechzimmer eingeschlossen und telefonierte dort mit der Polizei.

Als die Beamten eintrafen, entschloss ich mich, die Praxis zu verlassen und alle Möbel, inklusive diesen sauberen Weisskittel, ganz zu lassen.
Ich erzählte auf dem Revier warum ich in der Praxis war und erstattete Strafanzeige gegen diesen Pfuscher.

Verständnisvollere Polizeibeamte hatte ich bisher noch nicht gesehen.

Als ich dann wieder zurück nach Heidelberg kam, war Martina schon wach, das erste was sie fragte, war....Steht die Praxis von Dr. S. noch? Ich nahm sie in den Arm und zusammen weinten und trauerten wir um unser totes Baby...

Liebe Freunde, heute habe ich nicht die Kraft, viel zu schreiben. Ich sitze hier und hänge meinen Gedanken nach, Gedanken die so unbeschreiblich schön sind, die so lebendig in mir sind....aber sie ist nicht mehr da, um diese Gedanken mit mir zu teilen.

Es ist so schwer alleine zu sein, direkt bei Ihrem Zimmer, wo sie immer war...ich höre ihre Stimme, ich höre ihre Geräusche, die sie machte, ich schreie...komm doch und hole mich, siehst du nicht, wie alleine ich bin...ich kann nicht mehr, meine Kraft ist zu

Ende.

Ich höre ihr Lieblingslied immer und immer wieder und möchte es mit euch teilen...

Hallo, da bin ich wieder...
etwas lädiert, denn es zehrt an mir und ich spüre wie ich von Tag zu Tag Kraft verliere...

...unser Baby lebte nicht mehr, damit zurecht zu kommen, viel uns ziemlich schwer, auch wieder in den Alltagstrott zu kommen, war nicht einfach. Oft ertappten wir uns dabei, das wir gedankenverloren irgendwo herum saßen...

Aber die Zeit heilt (fast) alle Wunden, doch es bleiben Narben.

So dachte ich damals, aber nur, weil ich Martina an meiner Seite hatte, heute ist das anders, meine Wunden werden jeden Tag größer.

Ein Jahr später war es dann wieder soweit, wir hatten ein zweites Kind geplant, daher war die Überraschung nicht besonders groß, als Martina eines Abends mir ins Ohr flüsterte, "ich bin wieder schwanger!"

Die Überraschung war vielleicht nicht groß, aber die Freude um so mehr. "Aber wir sagen es diesmal niemand, bevor wir nicht 100%ig sicher sind, das es nicht wieder schief geht," sagte sie. "Ich hoffe, du bist wieder zu Dr. L. gegangen," der Arzt, der auch Nadja gesund zur Welt gebracht hatte. "Na klar, meinst du ich bin doof?" fragte sie und lachte, nochmals passiert mir sowas nicht mehr!"

Auch ich war wieder unbekümmert und stürzte mich in mein Studium, ich wollte schon vor der Regelstudienzeit fertig werden.

Wie sehr sollten wir uns wieder irren und wie tief stürzte eine Welt für uns ein.

Nadja bekam Windpocken und Martina rief ihren Frauenarzt an, und fragte an, was wir jetzt machen sollen. "Am besten, sie lassen sich gleich impfen, in dem Stadium ihrer Schwangerschaft könnte das fatal für den Fötus sein." "Sie sind nun in der 9. Woche, mit der Impfung steigt aber auch das Risiko einer Fehlgeburt."

Es war ein Teufelskreis...lies sie sich impfen, konnten wir das Baby wieder verlieren, aber ohne Impfung konnte es den Fötus schädigen.
Wie lagen die ganze Nacht wach und überlegten hin und her, und einigten uns, dass sie sich impfen lässt. Ein Entscheidung , die uns nicht leicht fiel. Martina lies sich am nächsten Tag von unserem Hausarzt impfen und kam dann gleich nach Hause. Ich habe eine Woche Urlaub genommen, sagte sie, ich will nicht nochmals die mitleidigen Blicke der Kollegen ertragen. Die denken dann bestimmt, es liegt an meinem Rollstuhl...

36 Stunden später...standen wir in Heidelberg vor der Klinik. Martina hatte in der Nacht Blutungen bekommen.
Dr. L. empfing uns und brachte Martina gleich zum Ultraschall. Sein sorgenvoller Blick wich nicht, je länger er den Bildschirm betrachtete. "Frau Lauer, ich kann leider keinen Herzschlag mehr feststellen..."

Jetzt müssten doch eigentlich die Mauern einstürzen, oder die Welt untergehen, oder sonst was....unsere kleine Welt war schon wieder in Trümmern, gerade als wir sie wieder einigermaßen aufgebaut hatten.

Mein armer Schatz musste den gleichen Weg, wie beim letzten Mal zum OP gehen, ich hielt ihre Hand, solange ich konnte und bevor sie hinter den Schwingtür verschwand, drückte ich sie verzweifelt und sie tröstete mich. Und da erkannte ich, nicht zum ersten Mal, die Größe meiner kleinen Maus...

Von dieser Zeit habe ich keine Bilder, oder habe sie weggeworfen. Nichts sollte uns später an diese, bis dahin schwerste Zeit unseres Lebens erinnern.

Ihr Lieben, hab es eben erst geschafft, meinen Kadaver aus dem Bett zu wälzen, heute wird es wohl nichts mehr werden, mit der Schreiberei...

aber morgen gehts weiter...fest versprochen!

....wir kamen wieder nach Hause. Wieder ohne Baby. Schon zwei Kinder, die wir nicht haben und die wir nicht

großziehen durften...

Über Kinderwunsch haben wir dann lange Zeit nicht mehr gesprochen, ein neuerliches Risiko, ein weiteres Kind zu verlieren, wollten wir nicht eingehen. Unsere kleine Nadja verlangte ja auch ihr Recht auf uns beide. Sie hatte allerlei Schabernack im Kopf und ihre Streiche waren mehr oder weniger Balsam auf unsere geschundenen Seelen.

Ein paar Beispiele...

Eines morgens um 4.00 Uhr klingelte unser Telefon. Aus dem Schlaf gerissen, griff ich über Martina ans Telefon und meldete mich..."Hallo?" "Ja, Peter, hier ist M." M. war ein Freund von uns, der im gleichen Ort wohnte, ungefähr 5 Minuten Fußweg von uns entfernt.

"Weißt du wo deine Tochter ist?" Dumme Frage um 4.00 Uhr morgens. "Im Bett, natürlich und schläft," sagte ich schlaftrunken. "Ja" sagte er, "so sollte es normalerweise auch sein." "Aber sie ist hier bei uns und frühstückt gerade."

Mittlerweile war dann auch Martina wach geworden. "Was ist denn los, Peter, wer ruft denn da so früh an?". Ich erzählte es ihr, während ich meine

Beine aus dem Bett schwang, "Nadja ist bei M. und frühstückt." Sie sah mich an, als ob ich gerade erzählt hätte, Nadja hätte sich unser Auto für eine Spritzfahrt genommen. Wir rannten ins Kinderzimmer und sahen....

....ein leeres Bett und die Katze, die immer bei ihr schläft, war auch verschwunden...

Wir zogen uns in Windeseile an und fuhren zu unseren Freunden. Es war kalt und wir froren. Unsere Tochter aber anscheinend nicht mehr. Sie war in der Kälte, nur mit einem Nachthemd bekleidet, ohne Schuhe, aber mit der Katze unter dem Arm, wach geworden und ihr war wohl langweilig.

Also gedacht, getan... Warum nicht mal eben zu den Leuten gehen, die man gerne mochte...vielleicht haben die ja was zum Essen vorrätig...
...und tatsächlich, die hatten was...Fröhlich mampfend saß sie am Küchentisch und lies es sich gutgehen. Eine heiße Schokolade kam dann auch noch gerade recht...

Wir Erwachsenen saßen mit leeren Augen um sie herum. Nachdem wir dann alle gemeinsam noch einen Kaffee hatten, ging es dann wieder nach Hause. Aber wie bestraft man eine

Vierjährige? Noch dazu, wenn man sich im Nachhinein das Lachen kaum verkneifen konnte... Wir beließen es mit einem strengen Blick und "Das darfst du nie wieder tun!!!"

Eine andere Überraschung gab es beim sonntäglichen Besuch des Fußballplatzes. Martina "liebte" Fußball und ging aber gottergeben mit, wenn ich mal wieder in Sachen Schiedsrichterei unterwegs war.
Was sich noch alles aus diesem Hobby ergeben sollte, davon später mehr.
Ich bereitete mich auf das Spiel vor und sah aus dem Augenwinkel heraus, wie Nadja zu einem Mann spazierte und sich mit ihm unterhielt. Martina war aber dabei und so machte ich mir keine Sorgen.

Nach dem Spiel sagte mir meine Frau: Du, Peter, unsere Tochter hat sehr wenig Berührungsängste, was Behinderte anbelangt." Im Prinzip normal, sie wuchs ja in diesem Umfeld auf und für sie war das eine Normalität, wie für alle meine Töchter im Übrigen. "Und, was war denn?" fragte ich. "Du hast doch gesehen, dass sie mit einem Mann gesprochen hatte?" "Sie ging auf ihn zu, (der Mann hatte nur ein Bein), zupfte ihn an seinem leeren Hosenbein, dass er so hoch geklammert hatte..." Du wo ist denn dein Bein?" Der Mann antwortete freundlich: "Weißt du Kleine, das Bein hab ich im Krieg verloren."

Und Nadja nahm den Mann bei der Hand und sagte: "Och du Armer, komm, ich geh dir suchen helfen................"

Nadja ging mittlerweile auch in den Kindergarten. Auch das war lustig, manchmal aber für die geplagte Kindergärtnerin auch weniger.
Einen Großeinsatz der Dorffeuerwehr hat Nadja nämlich auch schon ausgelöst. Auf dem Kindergartengrundstück gab es eine große Rosskastanie. Die Kinder sammelten dann die Kastanien und bastelten lustige Figuren. Nach Ansicht von Nadja waren aber nicht ausreichend Kastanien vorhanden. Was tun in so einem Fall? Man klettert in den Baum und holt welche. Zur Info, der Baum war schon sehr alt und auch ....sehr hoch!

Als die Kindergärtnerin sah, wo sich Nadja befand, und Nadja auf Zurufe nicht reagierte, sah sich die arme Frau gezwungen, die Feuerwehr mit der großen Drehleiter zu holen. Als die Feuerwehr dann ankam, war aber die Aufregung schon vorbei. Nadja war

selbstständig wieder runter geklettert, nicht ohne sich die Taschen mit neuen Kastanien zu füllen...

Das Jahr 1981 war fast vorbei und ich bereitete mich auf mein Staatsexamen vor...

tja liebe Freunde...unsere Episoden mit Nadja. Die wirklich peinlichen verschweige ich, meine Tochter hatte sich gestern schon reichlich geschämt. Dabei gab es nichts zum schämen, oder?

10.März 1982. Unser Hochzeitstag. 5 Jahre hatten wir schon geschafft und fühlten uns schon wie ein altes eingeschworenes Ehepaar.

(Liebe Freunde, dieses Datum rückt immer näher und ich weiß noch nicht wie, wo und warum ich diesen Tag überstehen soll...).

Unser 5 jähriges wollten wir natürlich gebührend feiern. Ich hatte schon einen Tisch im feinsten Restaurant in Heidelberg reserviert. Der Babysitter

war engagiert und das Ganze riss ein riesengroßes Loch in unser Budget, aber sch...egal.

Wir warfen uns in Schale und Martina hatte schon den ganzen Tag nichts besseres zu tun, als zu grinsen...nicht lächeln, nein grinsen...
Ich schaute an mir herunter, war den Hasenladen offen? Hatte ich einen Fettfleck vom letzten MacDonalds-Besuch auf dem Jacket? Ich konnte nichts entdecken...

Nun ja, ich sollte es bald erfahren. Wir speisten hervorragend, seltsam nur, das Martina den Champagner nicht angerührt hatte. Auch nach ihrem Verdauungszigarettchen fragte sie heute nicht.

Die Rechnung kam und ich wurde etwas bleich...hmm, ich mußte ein paar Schichten mehr Taxi fahren, wollte ich verhindern, daß wir bis zum Monatsende zuschauen mußten, wie Nadja spachtelte und wir so tun mussten, als hätten wir keinen Hunger...

Das erste Staatsexamen hatte ich bestanden, noch 2 Jahre, dann hatte ich es geschafft. Gerade als ich ihr stolz von dem bestandenen Examen erzählen wollte, sagte sie: "Komm Schatz, lass uns nach Hause fahren." Die ganze Fahrt kuschelte sie sich an meine Schulter und ich vergaß mein Staatsexamen und freute mich nur noch auf zu Hause....

Im Bett kuschelte sie sich an mich und sagte mit ganz leiser Stimme, es ist wieder soweit...wieder so weit? Was denn.....OH GOTT, NEIN...., jetzt begriff ich alles...kein Alkohol, keine Zigarette, das Grinsen, das Kuscheln...

Wir waren wieder schwanger...

...und schon war die Angst wieder allgegenwärtig. Am nächsten Tag war unser erster Weg zu unserem lieben Dr.L. Der freute sich auch für uns und sagte, diesmal werden wir alles menschenmögliche tun, das, ES nicht wieder passiert.

Sie bekam ihre Hormontabletten, die sie von jetzt an bis zur Geburt nehmen mußte.
Außerdem mußten wir beim geringsten Anzeichen von Wehen oder Blutungen sofort ins Krankenhaus kommen.

Im 5. Monat war es dann wieder so weit. Sie bekam vorzeitige Wehen.

Im Krankenhaus war schon alles

vorbereitet, sie wurde an den Wehenschreiber angeschlossen, Infusionen mit Wehenhemmer wurden appliziert.
Nach wenigen Stunden waren die Wehen verschwunden, aber Dr.L. hatte eine schlechte Nachricht für uns. "Ihre Frau muß diesmal bis zum Ende der Schwangerschaft liegen und muß ggf. an den Wehentropf. Deswegen würden wir ihre Frau gerne hier behalten. So haben wir alles im Auge. Sie können sie ein paar Mal am Wochenende mit nach Hause nehmen, aber ansonsten..."

Ich schaute sie an, aber sie hatte schon diesen entschlossenen Gesichtsausdruck, den ich nur zu gut kannte..., den hatte sie immer, wenn sie was unbedingt wollte.

Sie wollte dieses Kind...und sie sollte es bekommen.

Am 22.9.1982 wurde unsere Rebecca geboren, 3370 Gramm schwer und 51 cm lang.

Im Gegensatz zu Nadja schob sie dieses Mal einen richtige...ich meine richtige Kugel vor sich her.

...und ich wußte auch warum. Bei Nadja

mußte ich nachts zur Tanke fahren und Wassereis holen, bei Rebecca waren es SNICKERS.......

heute geht es weiter mit mir und meiner großen Liebe zu einer großherzigen Frau...musste doch mal wieder gesagt werden.

Aber zuerst...ich habe gestern eine Zuschrift erhalten, die mich sehr wütend gemacht hat.

Ein Mann, (ich denke mal, es war einer) schrieb mir folgende private Message. Ich hab sie so wie sie war, hierher kopiert...

"du weichei wann hoerst du endlich auf mit diesem dummen rumgeheule werd mal wieder ein mann. manche waehren froh, wenn sie ihre tusse so billig losgeworden waehren also hoer auf mit dem Scheis!"

Tja, was tun? Ignorieren? Ich habe den User an Facebook gemeldet, mal schauen, ob und wie die Verantwortlichen darauf reagieren.

Nu aber wieder zum schönen Teil...

Die Jahre 1982 -1984 waren gefüllt mit Arbeit, Studium, und Arbeit.
Martina blieb ja nun zu Hause, weil mit 2 kleinen Kindern hätte ich es nie zugelassen, dass sie sich weiter abrackert. Mit den zwei Kleinen hatte sie ja auch genug zu tun.

Außerdem hatte meine Schwiegermutter schon mit dem Hausbau begonnen, so daß die Wochenenden auch ziemlich verplant waren.

In diesen zwei Jahren fing meine "Karriere" als Schiedsrichter an, das

hieß, die arme geplagte Martina, die Fußball sooooo sehr liebte, war gezwungen, wollte sie ihren Mann sehen, mit auf die Fußballplätze zu gehen.

Na ja, nicht immer, aber immer öfter...hatten wir deswegen auch Dispute...

Als ich dann auch noch in die Nachwuchsrunde des DFB für Jungschiedsrichter aufgenommen wurde, wurden die Fahrzeiten zu den jeweiligen Spielen immer länger und sie bekam mich an den Wochenenden immer weniger zu sehen.

Das stellte sich als eine große Beziehungsproblematik heraus. Wir stritten, wir versöhnten uns wieder, beim nächsten Mal wurde der Ton schärfer und jeder Streit dauerte länger als der vorherige...

Als ich dann noch, um meine Fitness zu verbessern, in ein Fitnessstudio ging, krachte es im Gebälk, aber Leute...nicht zu knapp.

Aber, je höherklassig die Spiele wurden,

desto mehr Geld bekam ich für jedes Spiel, sodaß ich immer dies immer als Vorwand nehmen konnte.
Und was passierte? Eines Tages, im Fitnesstudio ging die Tür auf und hereingerollt kam....

... ihr werdet es kaum glauben, mein Frauchen.

Sie fuhr an mir vorbei und würdigte mich keines Blickes. Aber Leute, das Grinsen in ihrem Gesicht reichte von einem Ohr ans andere...

Sie machte mit einem der Trainer ein Probetraining und glaubt es oder nicht, aufgrund ihrer körperlichen Verfassung, war mein kleines Frauchen eine Wucht, das Rollstuhlfahren hatte ihre Spuren hinterlassen, was die Muskulatur im Oberkörper anbelangt.

Bis dahin hatte ich noch KEINE Frau gesehen, die 100 kg!!! Bankdrücken schaffte. Mit jedem weiteren Besuch des Studios hatte sie immer mehr Anfragen von Männern!!! die mit ihr trainieren wollten. Frauen waren da keiner mehr darunter...

Nach einer gewissen Skepsis und nach Rücksprache mit ihrem Orthopäden, der im übrigen sehr erfreut über ihre sportlichen Ambitionen war, trainierte

auch ich mit ihr...Problem gelöst...dachte ich...

Dazu später mehr...

Das Schiedsrichtern hatte sie mittlerweile auch akzeptiert, es kam doch jedes Wochenende ein schönes Sümmchen in unsere Haushaltskasse...auch hier Problem gelöst...dachte ich...

Auch dazu später mehr...

Ansonsten waren die 2 Jahre wenig ereignisreich, wir lebten unser kleines Leben, liebten uns und unsere Kinder und unser tägliches Allerlei...

...und kleine Kräche erhalten die Freundschaft...*ggg*

Aber es sollte sich noch viel ereignen, da könnt ihr drauf wetten...

Erst mal vorab, die Überraschung gibt es morgen.....

1984 war ein gutes Jahr...ich bestand mein Examen und hatte auch schon einen Job. ALCOA hieß der Laden, ein multinationaler Konzern, der u.a. auch für Coca Cola computergesteuerte Maschinen herstellte.

Endlich kein Taxi mehr, keine Schlepperei mehr von Kohlen, Sprudelkästen oder Hartgeld für ein Werttransportunternehmen.
Ein vernünftiges Gehalt, jeden Monat auf dem Konto, wir fühlten uns wie Krösus...

Martina kaufte sich als allererstes.....was wohl, was denkt ihr...?

Kleider....neeeeee,

Schuhe.....nööööö,

Schminksachen.....nääääääää,

....sie kaufte sich eine Staffel, Palette, Ölfarben und Pinsel...sie fing an zu malen...

Sie malte, ohne dass es ihr jemals jemand beigebracht hätte...

Alle unsere Bilder, die wir jemals aufhängten und die nicht fotografiert waren, waren von ihr.

Ihr kriegt heute ein paar Kostproben zu sehen!!!

Meine Karriere als Body Builder und Schiedsrichter nahm seinen Lauf. Ich machte bei ersten Body Building Meisterschaften mit...

auch hiervon ein paar Kostproben.

...und auch Landesliga, Verbandsliga und Oberliga wurden von mir als Schiedsrichter beglückt. Ob es immer ein Glück war, das ich kam, erfuhr ich immer erst am nächsten Tag aus der Zeitung oder wenn die Schiri-Beobachter ihre Bewertungsbögen abgaben.

....oder manchmal auch gleich...hihi, wenn wir nach dem Spiel zu unserem Auto sprinten mussten, bevor uns wütende Fans zu fassen bekamen...

So verlief dann unser Leben in ruhigen und geordneten Bahnen bis Anfang 1985.

Unser Haus war fertig und wir zogen im September 1984 ein...und...

...gleich wieder aus...

Am 6. Januar 1985, ich schaute gerade das letzte Springen der Vierschanzentournee, fiel auf einmal der Strom aus. Es war schon düster, ein eisiger Winter hatte uns im Griff und ein scharfer Wind pfiff...dachte ich...

Ich lief zum Sicherungskasten, Martina lag im Bett und schaute fern.

Die zwei Kleinen spielten in ihrem Zimmer...was sie spielten, wussten wir zu diesem Zeitpunkt noch nicht.

Ich schaute also nach den Sicherungen und siehe da, eine Sicherung war draußen. Ich versuchte sie wieder reinzudrücken, aber "peng", flog sie wieder raus. Der Wind pfiff auch immer heftiger....dachte ich...

Ich lief zum Küchenfenster, aber die Bäume waren ruhig, kein Lüftchen schien zu wehen.

Ich ging zum Kinderzimmer und machte die Tür auf und wusste auf einmal auch wo der "Sturm" herkam..........

................ein Flammenmeer erfasste mich, versengte mir Brauen, Wimpern, Schnurrbart und Kopfhaare. Eine Knallen erschütterte das Zimmer, als die Doppelverglasung des Fensters explosionsartig zersprang...ohne mein

Wissen hatte ich für neuen Sauerstoff im Zimmer gesorgt.

Ich schmiss die Tür wieder zu und rannte ins Schlafzimmer, packte meine Frau und... Rebecca? Die sollte doch eigentlich in ihrem Zimmer spielen?

Im Gästeklo saß meine Nadja und beschwerte sich, dass ich das Licht ausgemacht hätte, sie könne schließlich ihr Micky Maus Heft nicht mehr lesen.

Alle drei schmiss ich, wie sie waren, vors Haus...-10 Grad waren es wohl...und rannte wieder zurück.

Mama, Mama, schrie ich nach meiner Schwiegermutter nach oben, es brennt...

Ralf, Ralf, es brennt... schrie ich nach unten zu meinem Schwager...
Ich schaffte es noch ans Telefon wählte die 112 und schrie in den Hörer, es brennt...Schollbrunn, Rohlederstr. 11, kommen sie schnell...

Ich packte meine Lederjacke, die an der Garderobe hing, alle meine Papiere, Geld, Kreditkarten und Pässe waren in meiner Jacke und ging als letzter auch aus dem Haus.

Meine Schwiegermutter packte die

Panik und sie rannte die Straße entlang, bis sie, glücklicherweise direkt vor der Haustür unseres Hausarztes, mit einem, gottseidank leichten Herzinfarkt, zusammenbrach.

Die Feuerwehr kam ziemlich schnell...aber der Hydrant war eingefroren und mussten mit riesigen Heizstrahlern erst aufgetaut werden. Außerdem hatten die Schollbrunner, keine Atemschutzausrüstung, so wurden die Strümpfelbrunner auch noch gerufen.
Wie ihr euch vorstellen könnt, dauerte das alles eine ganze Weile...

...und unser Haus brannte munter weiter....

In der Zwischenzeit waren meine Frau und meine Kinder aber schon in sicheren Händen unserer Nachbarn, die sie SOFORT mit Anziehsachen und Spielsachen versorgten und sie ins Warme brachten. (Meine Kinder hatten nach dem Brand mehr Spielzeug als vorher....).

Die Löschung ging ziemlich schnell vonstatten, das Haus durfte aber von uns nicht mehr betreten werden. Giftige Säuregase hatten sich gebildet, die lebensgefährlich waren, auch hatte die

Polizei, die mittlerweile auch eingetroffen war, das Haus weiträumig abgesperrt.

Meine Schwiegermutter war zwischenzeitlich schon im Krankenhaus und außer Gefahr.

Meine Familie, mein Schwager und Schwägerin wurden von Nachbarn aufgenommen..und so verbrachten wir die erste Nacht ...danach war erst mal nichts mehr wie es war.

Die Brandermittler der Polizei kam am nächsten Morgen und befragten uns. Dabei stellte es sich heraus, dass meine beiden süßen Kleinen mit ihren Bettdecken ein Zelt gebaut hatten. Als es darin zu dunkel wurde, sorgte man halt für Licht. Man nahm die Lampe, machte den Schirm ab, und schwupp hatte man Licht.

Bettdecke + heiße Birne = gaaaaanz großes Feuer...

Als es dann rauchte und die ersten Flämmlein zu sehen waren, holte man nicht Papa, neeeeein, man ging raus und machte die Tür hinter sich zu.

Rebecca zu Mama und Nadja aufs Klo....so kann ja nix passieren, dachten die zwei Feuerteufelchen wohl....

auf die Idee mich zu holen, kamen die beiden Miniblondinen aber nicht...........

Auch die Brandermittler bestätigten den Hergang und den Ort des Ausbruchs des Feuers, drückten uns die Hand zum Abschied und sagten, hoffentlich seid ihr gut versichert, bevor sie uns ratlos zurückließen...

....auf auf zum fröhlichen Rohbau...schon wieder....

Jetzt wäre die Zeit gewesen, die Martina immer herbeigesehnt hatte, es scheint die Sonne, es wird warm, die Natur beginnt zu Erwachen...

Nur...sie kann es nicht mehr sehen....

Ich weiß immer noch nicht wie ich den morgigen Tag überstehen soll. Morgen wären es 37 Jahre, die ich mit diesem wunderbaren und liebevollen Menschen verheiratet bin.
Ja, ich bin immer noch verheiratet, ich werde auch nie aufhören, mich mit meiner Frau verbunden zu fühlen....

Wieder einmal verschwimmt die Tastatur vor meinen Augen, wieder und wieder höre ich mir ihr Lied an...ein

psychischer und ein physischer Schmerz holt mich beinahe von den Beinen..., wie soll ein Mensch das aushalten, wie soll er jeden Tag seine Augen aufmachen und es überfällt einem wieder und wieder und wieder...........

Ich habe meinen Mund zu voll genommen, die versprochene Überraschung ist leider noch nicht fertig, weil sie auch von meiner Rebecca mit abhängt.

Seid mir bitte nicht böse...

Morgen glaube ich nicht, dass ich was schreiben werde, ich werde vielleicht ein schönes Bild einstellen, und dann werde ich meinen Gedanken nachhängen, höre ihr Lied und dann.....

...ich weiß es nicht, was passieren wird oder soll...

Alle die, die mir bislang gefolgt sind, die fleißig meine Geschichten gelesen haben, die mir Trost und Zuspruch gespendet haben, möchte ich am liebsten in den Arm nehmen und ganz fest drücken.

Es ist mir eine Ehre, euch zu kennen, danke....

Der Tag gestern war die Hölle für mich. Ich weiß jetzt, warum der Mensch zu 2/3 aus Wasser besteht. Ich müsste ich jetzt ausgetrocknet sein.
Eigentlich wollte ich nie mehr schreiben, das Glas Wasser mit... steht immer noch auf meinem Nachttisch. Glaubt mir, ihr Lieben, wenn ich wirklich gewusst hätte, dass sie mich da drüben erwartet, hätte ich es ausgetrunken. Und das Schlimme (oder auch das Gute?) ist, es wird ja nicht schlecht.

Ich bin so leer, so ausgelaugt, so kraftlos, so hilflos...ich weiß schon gar nicht mehr welche Schmerzen schlimmer sind, die körperlichen oder die seelischen.

Ich werde das Titelbild, sowohl als auch das Profilbild nun nicht mehr ändern... eure Überraschung ist leider auch noch

nicht fertig, und das Schreiben klappt heute auch noch nicht; Ihr seht, ich fange an zu schlampern...

Ich will es doch eigentlich gar nicht, das sagte ich doch schon, weil ich nicht weiß, was mich danach wirklich erwartet. Ist sie wirklich da? Diese Frage kann mir keiner beantworten. Aber ich fühle nichts mehr, meine Kinder nicht, gar nichts, alles in mir ist nur Sehnsucht nach ihr. Dafür kann ich doch nichts...

Ich habe meine Therapeutin schon angerufen...aber momentan hilft mir nichts...ich bin nur Verzweiflung pur...

heute hab ich den Kopf mental etwas freier, das Glas ist geleert und gespült...

...aber nun habe ich mich wohl ziemlich schwer erkältet. Meine Brust tut weh, mein Kopf erscheint mir doppelt so dick, Schlucken will auch nicht so, wie ich es will. Und 38,9 Grad Körpertemperatur.

Kurzum, ich fühle mich, wie verschluckt und wieder ausgespuckt. Dabei hatte ich schon mindestens 10 Jahre keine Erkältung mehr.

Der Doktor kommt morgen, so dass ich mich heute, bis auf ein paar Momente, wieder zu Bett begebe, fleißig vor mich

hinschwitze und versuche,die Augenlider über die verquollenen Augen zu ziehen...

Und die Moral von der Geschicht,
mit sonem Schädel schreib ich nicht.

Drück euch alle, bis morgen...

ach ja vergessen, der erste Teil der Überraschung ist da....!

Mit dickem Kopf und Triefnase sitze ich am Rechner und sinniere so vor mich hin. Ich dachte nicht, dass es mir so schwer fallen würde, die letzten 3 Tage zu überstehen. (10. März war Standesamt und der 12. März in der Kirche).

...aber heute geht es weiter.

da saßen wir nun, und waren obdachlos...Unser Bürgermeister stellte uns eine
Ferienwohnung in einem Nachbarort zur Verfügung. Meine Schwiegermutter wohnte nach ihrer Entlassung aus dem Krankenhaus bei einer Freundin, und mein Schwager ging zu seinen

Schwiegereltern.

Der Papierkram mit den verschiedenen Versicherungen, etc. war eines Deutschlands würdig. Selten hatte ich so viele Formulare auszufüllen, aber immer das Gleiche, aber jeder Hinz und Kunz wollte wohl seinen Stempel draufdrücken. Und alles dauerte....

Als wir wieder anfingen zu renovieren, musste das gesamte Haus entkernt werden und wir fanden unsere Hütte als Rohbau wieder.
Aber leichter war es diesmal, wir hatten nicht mehr so viel Eigenleistung zu erbringen. Wir hätten das auch nicht noch einmal geschafft.

Mein Job verlangte sehr viel von mir, Japan, Indien, Südkorea, Australien, Irak waren Stationen meines Berufslebens und wir waren viele Wochen getrennt, aber das Wiedersehen zelebrierten wir immer sehr schön...*ggg*

Ende 1985 erhielt ich den Anruf eines Headhunters, der mir ein sehr lukratives Angebot machte. Ich sollte für einen weltbekanntes Rüstungsunternehmen arbeiten. Im Hinblick auf das Gehalt und den Arbeitsplatz zögerte ich keinen Augenblick.

Ich nahm eines Abends Martina beiseite und erzählte ihr von meinem Jobwechsel, aber auch davon, das wir ins Ausland gehen müssten.
und was sagte mein Martinchen? Mein Tinchen, die das "Ausland" zum erste Mal mit mir kennen lernte, als wir kurz vor unserer Hochzeit nach Frankreich abhauten...sagte: "Na klar, lass uns gehen"

Noch in der selben Woche unterschrieb ich den Vertrag, zum Glück hatte ich nur 4 Wochen Kündigungsfrist bei meiner alten Firma.

Es ging nach ....

FLORIDA !!!

Daytona Beach, wir kommen...

Ich flog vor um alles vorzubereiten, eine Wohnung, sogar rollstuhlgerecht, war schon von meiner Firma gemietet.
903 North Lakewood Terrace, Port Orange, Florida, USA.

Bitte verzeiht, dass ich über Modalitäten meines Jobs für diese Firma keine Einzelheiten preisgeben kann und werde.

Soviel sei nur gesagt, es war ein Traumjob... noch. Es sollte aber auch noch anders kommen, Solche Jobs wie dieser, in der Rüstungsindustrie, waren dünn, sehr dünn gesät.

Aber zuerst mal Freude pur...als mein Schatz dann mit Kindern anrückte und unser Haus in Besitz nahm, musste sie zuerst ihre Englischkenntnisse auffrischen, was in den Südstaaten, wozu Florida ja gehört, nicht einfach ist. Eine Woche war noch Zeit, bis ich anfing zu arbeiten, daher nahmen wir erst mal Florida "in Besitz" Wir sahen Disneyland, Seaworld, wir lernten Shamu und Baby Shamu kennen, hihi... Martina konnte oder mußte, wie man es sehen wollte, wegen ihres Rollstuhles in der ersten Reihe Platz nehmen, was sich später als fatal herausstellen sollte...,

...denn Shamu und ihre Freunde schwammen und....sprangen!

Und was kommt nach dem Sprung? Na klar, der Aufprall im Wasser...
Ich hatte mich kurz vorher abgeseilt

und konnte dann nur noch dem Personal helfen, meine drei Naßkatzen abzutrocknen...

Es war eine schöne Zeit, NasCar Daytona 500, Harley Davidson Treffen, das Body Building, die Schiedsrichterei, wir nahmen alles mit.

Martina lebte sich sehr schnell ein, sehr nette und aufmerksame Nachbarn halfen ihr und uns dabei. Ein handbedienbarer PKW war auch schnell gefunden
und meinem Tinchen war bereits nach wenigen Wochen nicht mehr anzumerken, dass sie noch nie im Ausland war.

Eine Episode am Rande...nach dem Training gingen wir meistens mit ein paar Trainingskameraden in ein kleines Restaurant am Hafen...CRABLEGS...ALL YOU CAN EAT... für 14,95 $. Nach 5 Besuchen erhielten wir Hausverbot, bei den Mengen, die Bodybuilder außerhalb der Wettkampfvorbereitung zu sich nehmen, hätten wir die Kneipe in kürzester Zeit in die Insolvenz getrieben...

Liebe Freunde, Alben mit Bilder und Videos aus dieser Zeit befinden sich immer noch in Afrika, Nadja wird dafür

sorgen, dass sie bald zu mir kommen...

Ende 1987 war dann der Traum vorbei, die Arbeit war getan und wir mussten zurück ins kalte Deutschland...aber...

meine Tochter ist gerade nicht da, da schleich ich mich schnell aus dem Bett und schreibe lieber ein bisschen.

MIR IST JA SO LANGWEILIG!!! Aber bitte nicht petzen...*ggg*

Nachdem die US Army abgehakt war, sollten wir eigentlich wieder nach Hause. Von Florida ins kalte Deutschland, brrrrrrrr.

Dort angekommen, froren wir uns die Seele aus dem Leib. Wo waren die 40 Grad im Schatten, die leichte Brise vom Meer, welche einen salzigen Nachgeschmack auf den Lippen hinterließ, die Alligatoren, die nachts unsere Mülleimer leerräumten, die 100 % Luftfeuchtigkeit, die einem sofort zum Schwitzen brachte....

Jetzt hatten wir wieder...Nebel, Minusgrade und zum Schwitzen brachte uns höchstens ein Besuch im Fitness-Studio...und der aber ausgiebig, denn mein Trainer hatte vorgesehen, dass ich an einer Meisterschaft teilnehmen soll. Das hieß, Training bis zum Umfallen, Diät bis zum Umfallen und zwar 12 Wochen lang, um seinem Studio keine Schande zu machen.

Ich und Diät, mein Gott, da war es leichter einen Löwen zum Vegetarier zu erziehen.

Die ersten paar...............Stunden.....ging es ja gerade noch, aber als ich auf die Uhr schaute und es waren erst 5 Stunden meiner Diät um, beschloss ich schlechte Laune zu haben...und die sollte dauern...

Martina machte den ganzen Scheiß zu Anfang auch brav mit, fing aber nach ein paar Wochen an, selbst zickig zu werden.

Wärt ihr zu uns auf Besuch gekommen, ihr hätte die schlechte Laune schon vom weitem gerochen....

Martina klagte jetzt schon seit ein paar

Tagen über Bauchschmerzen und mich interessierten nur MEINE Bauchschmerzen. Zwei halbe gekochte Hähnchenbrüste, eine Banane und zwei Scheiben Vollkornbrot, das wars für den ganzen Tag. Und das mir, der vorher 2000 Kalorien schon zum Frühstück verputzt hatte.

Aber 4 Stunden Training jeden Tag, ohne Pause. Und abends unter die Sonnenbank, Familienleben oder gar Eheleben fanden nicht mehr statt. Und arbeiten musste ich ja auch noch und zwar Vollzeit...jeden Tag nach Mannheim und wieder zurück.

Und ganz nebenbei war ich ja auch noch Schiedsrichter, was immer an den Wochenenden statt fand.

Nun ja, mein Boss bestellte mich in der folgenden Woche zum Rapport. Noch wusste ich nicht, wohin mich mein nächster Job bringen würde...und Martina hatte immer noch Bauchweh...

Als ich am Montag nach Nabern kam, wäre ich ab liebsten gleich wieder nach Hause gefahren. Es war kalt und nass und schon die Fahrerei kostete mich meine letzten Nerven.

Ich wurde vorgelassen und mein Chef kam auf mich zu und schüttelte mir die

Hand. Sie haben eine sehr gute Arbeit geleistet, die Amis verleihen Ihnen am Montag einen zivilen Orden, herzlichen Glückwunsch.

...und ich...ich hätte den Orden sehr gerne hergegeben für ein Jägerschnitzel mit Pommes....ja, ähhhh, vielen Dank, stotterte ich herum, und mein Chef warf ein, ja wir haben uns gedacht, das ist uns eine kleine Feier wert...

... wir haben die Kollegen von den Büros eingeladen und haben ein kleines Buffet vorbereitet.... ähhhhhhhhhhhh... scheiße, meine Diät, was mach ich jetzt, mein Gehirn, sagte nein Peter, du wirst nichts essen und mein Magen brummte "...We are the champions".

Tja, was soll ich sagen..nachdem ich das Gehrin ausgeschaltet hatte, sang ich auch.... "...We are the champions".

Nach zweimaligen heimlichen Erbrechens, (ich kam mir vor wie ein Übungs-Bulämiker), um den ganzen Ballast wieder loszuwerden, nahm mich mein Chef beiseite und sagte, Herr Lauer, wie ist denn eigentlich Ihr französisch? Ach ganz gut, würgte ich noch einmal kurz und schon hatte ich einen neuen Job.

Diesmal musste ich den Franzosen "aufs Pferd" helfen und zwar in

.............Südfrankreich!!!!

und Martina hatte immer noch Bauchschmerzen....

leider ist es trotz Antibiotika noch immer nicht besser geworden. Jetzt hab ich auch noch Probleme mit meinem suprapubischen Katheder bekommen. (Entzündung). Ich kann noch nicht mal ohne Schmerzen sitzen.

Jetzt tipple ich schnell meine "Entschuldigung" an euch...*ggg*.

Bin hoffentlich bald wieder auf den Rädern...

Leider muss ich immer noch die Kiste hüten. Ich würde so gerne aufstehen, um weiter zu schreiben. Hab so schöne Geschichten, (von den schönsten 5 Jahren unseres Lebens), die ich euch erzählen möchte, aber nicht am Handy. Das würde ewig dauern. Und die Überraschung steht auch noch aus. Aber mein Körper hat beschlossen dagegen zu stimmen und auch gleich

sein Veto eingelegt, in Form von Übelkeit und Schwindel.
Also habe ich mich breitschlagen lassen, bevor mich mein fallender Körper breitschlägt...

Bis morgen...

so, nun sollte es also im Juli 1988 nach Südfrankreich gehen. Aber noch war es nicht soweit.

Martina war seltsam teilnahmslos. Ich weiß nicht was mir mir los ist. Diese Krämpfe und Bachschmerzen nerven mich langsam, sagte sie.

Ich wachte nun auch langsam wieder aus meinem Diätwahn auf...Waren ja auch nur noch eine Woche bis zur Meisterschaft.

Ich nahm mir vor, morgen gehen wir zum Hausarzt, vielleicht hat sie eine Blinddarmentzündung.

Gesagt, getan...am nächsten Morgen saßen wir im Wartezimmer unserer Hausärztin und sie untersuchte Martina. Frau Lauer, wann haben sie sich das letzte Mal gynäkologisch untersuchen lassen? Ich kann nichts außergewöhnliches feststellen...

Nun wurde ich munter und fing an mir Sorgen zu machen. Eigentlich warst du seit Rebeccas Geburt nicht mehr beim Frauenarzt. Komm wir fahren gleich weiter zu Dr. L. nach Heidelberg.

Aber wir haben doch gar keinen Termin, sagte Martina. Macht nichts, das ist ein Notfall, sagte ich, wir fahren jetzt dahin.

Das mein Gehirn noch funktionierte, wunderte mich, eigentlich kreisten meine Gedanken derzeit um............

............Hamburger, Jägerschnitzel, Pizza, Döner...hmmmm schleck...

In Heidelberg angekommen, bekniete ich die Sprechstundenhilfe, uns doch vorzulassen.

Da wir keinen Termin hatten, mussten wir warten, sehr lange warten. Von unten stiegen die Gerüche eine Bäckerei hoch, meine Zunge schleifte schon auf dem Boden.

Frau Lauer kommen sie bitte, ich muss noch Blut und Urin von ihnen abnehmen, sagte die Arzthelferin....und wieder hieß es warten.

Dann endlich: Herr und Frau Lauer, kommen sie bitte...

Unser Dr. L. saß in seinem Stuhl und las irgendwelche Befunde...
Ja, wie geht es euch beiden...Dr. L. war alt geworden. Was führt euch zu mir...

Tja, ich saß da und dachte....Hamburger, Jägerschnitzel, Pizza, Döner...hmmmm schleck...

Also Familie Lauer, ich schreckte hoch, es ist nichts schlimmes, wird aber noch ca. 7 Monate dauern, bis es ihrer Frau

wieder besser geht...

Ich...Hamburger, Jägerschnitzel, Pizza, Döner...hmmmm schleck...

6 Monate, muss sie operiert werden? Was hat sie denn? Dann spürte ich eine zarte Hand in meinem Genick, d.h. so zart fühlte sie sich gar nicht an, eher klatsch...aua, ich rieb meinen Hinterkopf.

Peter, ich bin schwanger...

...........schwanger, in meinem Kopf drehte sich alles...Aber wie, ging doch gar nicht, durch die Vorbereitung zur Meisterschaft...dürfte eigentlich nichts passiert sein. Dr. L. sagte, tja Herr Lauer, ein Rambo ist halt immer dabei, der sich durchkämpft.

Ich setzte Martina ins Auto und sprach mit Dr. L. dann noch alleine. Wie wird es sein, muss sie wieder ins Krankenhaus, Cerclage und das alles? Dr. L. bestätigte meine schlimmsten Befürchtungen.
Ja, all das wird wieder passieren, sollten sie sich für das Kind entscheiden. Dr. L. sagte mir noch, Herr Lauer, dies MUSS die letzte Schwangerschaft für ihre Frau sein. Ich rate Ihnen zu einer Vasektomie.

Betröppelt fuhren wir nach Hause,

ungewöhnlich schweigsam...was nun?

Abtreibung war eigentlich kein Thema für uns, aber Martina sagte mir...Peter, sollte ich dieses Kind bekommen, muss Schluss mit deinem Body Building sein.

Du musst mehr Zeit für uns aufbringen, drei Kinder großziehen, das schaff ich nicht alleine. Diese Meisterschaft muss deine letzte sein.

Das war sie dann auch...Martina saß im Publikum, und feuerte mich an...und ich nahm Abschied von einem Sport, der mir eigentlich viel bedeutete, aber ein Kind....das war tausendmal mehr wert....

...die Meisterschaft war vorbei. Wir waren auf dem Weg nach Hause. Ich saß wortlos hinter dem Steuer und Martina lag an meiner Brust und schlief. Sie wollte unbedingt mit, obwohl der Arzt gesagt hatte, sie solle alle Anstrengungen vermeiden.

Sie wusste aber, was mir ihre Anwesenheit heute bedeutet hat.

Daheim angekommen, trug ich sie ins Bett, sie ist gar nicht mehr aufgewacht, vielleicht war die Anstrengung doch zu viel.

Am nächsten Tag musste ich erst mal unsere Betten frisch beziehen, der Selbstbräuner hinterließ überall seine Spuren.

Martina war schon auf und schaute in die Ecke im Flur, wo die gepackten Koffer standen. Wir sollten langsam losfahren, Dr. L. wartet schon auf uns, sagte sie.

Sie fing an zu weinen..., ich will das Kind ja, aber 6 Monate liegen, im Krankenhaus, dich mit den Kindern alleine lassen und die ganzen Vorbereitungen für Frankreich. Ich kann dich doch das nicht alles alleine machen lassen.

Ich kniete mich vor sie hin und nahm sie in den Arm. Schatz, ich weiß, was jetzt auf dich zukommt, ist fast nicht zumutbar, aber es ist unser Baby, für das du dieses Opfer bringst.

Wir fuhren los und als wir die Einfahrt zur Klinik vor uns sahen, hielt ich an und drückte sie noch einmal ganz fest.

Im Krankenhaus ging es dann schon so los, wie wir es bei Rebecca gewohnt waren. Nadel in den Arm, der Tropf mit dem Anti-Wehenmittel und der Termin im OP zur Cerclage am nächsten Morgen war schon vorgesehen. Der Muttermund war schon 2 cm geöffnet und eine neuerliche Fehlgeburt wäre unausweichlich gewesen.

Ich verbrachte nun meine Zeit mit Pendeln. Mannheim, Waldbrunn, Heidelberg und meine Schwiegermutter kümmerte sich in der Zwischenzeit um die beiden Großen.
Und Wochenende gings zum Schiedsrichtern.

Einen wichtigen Termin hatte ich noch in der Zwischenzeit. Der Ratschlag, ja die Warnung von Dr. L. ging mir nicht mehr aus dem Kopf.

Martina wird eine weitere Schwangerschaft nicht überstehen Herr Lauer, schon dieses Mal wird es schwer für sie.

Und da ich wusste, das Martina schon schwanger wurde, wenn ich ihr nur tief genug in die Augen schaute, hatte ich nur eine Alternative.

Mein Weg führte mich zum Urologen, mein Alter und meine zwei, bald drei

Kinder prädestinierten mich für eine Vasektomie.

Martina war nicht begeistert, was ist, wenn mir was passiert und die willst noch mehr Kinder, fragte sie.

Nun, das konnte sie nicht wissen, aber eine andere Frau in meinem Leben konnte ich mir damals und erst recht nicht heute, nicht vorstellen.

Dann das Verpacken unserer Wohnung, alle unsere persönlichen Sachen wanderten schon in Kartons, für alles andere waren Möbelpacker zuständig.

Leute, die Zeit schlich nur so dahin, ich schaute auf den Kalender, es war März, als ich 3 Monate später wieder schaute, war es April.

Mir schien es, als schlichen wir uns über 1000 Umwege an den Geburtstermin ran.

Dann endlich war Juni, noch eine Untersuchung, um die Lungenreife festzustellen, dann sollte es soweit sein.

Als ich am 23. Juni nachmittags in der Klinik eintraf, hing mein armes Frauchen wieder am Tropf, aber diesmal war es DER Tropf. Der Tropf mit dem Medikament, das die Wehen auslösen

sollte.
Die Cerclage war schon geöffnet, unserer dritten Tochter war buchstäblich Tür und Tor geöffnet...

Aber....bei Lauers geht ja nie was glatt. Um 18.00 Uhr, kam Dr. L. und sagte, ich glaube heute wird das nichts mehr, wir stoppen die Infusion und machen morgen weiter.
Wir saßen da und guckten belämmert aus der Wäsche...Na gut, dann fahr ich nach Hause, komm aber morgen früh in aller Frühe wieder.
Missmutig schlich ich mich von dannen. Was sind schon 42 km....

Gerade als ich in unsere Straße einbog, sah ich schon meine Schwiegermutter in der Einfahrt stehend und wild mit den Armen fuchtelnd, lief sie auf mich zu und sagte :"Dreh gleich wieder um, das Baby kommt". Scheisse, was hätte ich damals für ein Handy gegeben...*ggg*

Was war geschehen, Martina ging nochmals zur Toilette, bevor sie wieder an den Tropf musste, dann spürte sie was...ein kleines Köpfchen wollte auch zur Toilette...Mit einer Hand das Kind festhaltend, mit der anderen den Notrufknopf drückend, wurde sie auf einer Trage in den Kreißsaal geschoben.

Ich stellte zwar einen neuen Rekord für

42 km Landstraßenfahren auf, kam aber leider zu spät. Ein kleines Bündel krähte mir entgegen und eine sichtlich erleichterte und müde Martina schaute mir entgegen.

So, mein Schatz das war's, ich will keine Kinder mehr, nur noch Enkel, die kann man abends wieder abgeben.

Und noch etwas aktuelles, wir sprachen heute von Jennifer, gerade als ich diese Geschichte fertig geschrieben hatte, kam sie und erzählte mir, das ihr Schwiegervater heute morgen verstorben ist...

heute gibt es mal wieder eine kleine Schreibpause.

Ich erlebe gerade noch einmal, wie es war, als wir die Vorbereitungen für Martinas Beerdigung treffen mussten.

Der Tod von Jennifers Schwiegervater hat Wunden, die noch nicht einmal verheilt waren, wieder neu aufgerissen und nun blute ich wieder....

ich hocke hier und weine....

bitte verzeiht...

Heute lebe ich in meinen Erinnerungen und bekam ein großes Geschenk von meiner Tochter...

Für alle und mich, unsere Überraschung!

Morgen geht es weiter....

Bin in Laatzen. Ganz schön anstrengend die ganze Sache...

Martina kam aus dem Krankenhaus und ich war froh, dass schon alles vorbereitet war, was unseren Umzug nach Frankreich betraf.

Sie brauchte diesmal sehr lange, um sich von der Schwangerschaft zu erholen.

Aber wir beide wussten, es würde keine weitere Schwangerschaft geben, was auf einer Seite auch ein "Added Advantage" war...*ggg* (pssscht, der Sex war großartig!!!)

Aber die Aussicht auf Südfrankreich lies sie die letzten Monate vergessen und auch unsere gut gedeihende kleine Jennifer, sowie unsere beiden "großen" Mädels trugen zu Ihrer Erholung bei.

Dann kam der August. Der Tag der

Abreise nahte. Wieder mussten wir Abschied nehmen und wieder flossen reichlich Tränen.

Aber diesmal war es doch gar nicht so weit. Oma und Ralf konnten uns ja regelmäßig besuchen.

Der Alptraum, ca. 1200 km lang, fing schon nach 20 km an. Papa, ich muss mal. Papa ich hab Durst. Peter, ich müsste Jenni's Windeln wechseln. Papa, wann sind wir da?

Hohlwangig und treifäugig erreichten wir nach 15 Stunden unser Ziel. Martina fing schon kurz nach der Geburt an, schlimme Rückenschmerzen zu entwickeln, wir hofften damals noch dass das Klima in Südfrankreich die Sache bessern würde, aber da hatten wir uns leider getäuscht.

Unser Haus war noch nicht fertig renoviert, so dass wir für zwei Wochen in einem Hotel in Frejus einquartiert wurden.

Wir und Jennifer, sowie Nadja und Rebecca hatten jeweils ein Zimmer. Dies muss erwähnt werden, daraus ergab sich noch eine Episode.

Ich musste schon 2 Tage später zur Arbeit und musste Martina und die Kinder, die Großen hatten noch Sommerferien, den ganzen Tag alleine lassen.

Sollte eigentlich gehen, der Strand vor der Haustür, das Restaurant auch, eine Einkaufspassage, was soll denn da schon schiefgehen...
Nun ja, eines hatte ich vergessen,..., ich war der Einzigste, der französisch konnte...

Auch dazu gibt es noch eine Stories zu berichten...

So ging ich dann zur Arbeit, diesmal war es die französische Armee, die US Army war ja schon abgehakt.

Auch hier werde ich keine Einzelheiten preisgeben, da alles unter die militärische Geheimhaltung fällt.

An meinem Arbeitsplatz angekommen, wurde ich vom Kommandeur begrüßt und meinen Offizieren vorgestellt. Es gab auch einen "kleinen Umtrunk"...

Liebe Freunde, wenn ich gewusst hätte, dass ein "kleinen Umtrunk" nun fast zum täglichen Usus werden würde, hätte ich meine Leber etwas besser trainiert. Aber der Apero ist nun mal in

Frankreich und noch dazu beim Militär nicht wegzudenken.

Gottseidank hatte ich ein Dienst-PKW mit Militärkennzeichen, so dass ich keine Sorge vor Polizeikontrollen zu haben brauchte...

Und das mir, einem fast militanten Anti-Alkoholiker...5 Jahre Frankreich machten uns zum Gegenteil...*ggg*

Eines Abend kam ich nach Hause und fand Martina weinend im Bett. Sie fiel mir um den Hals. Peter, ich halte das nicht mehr aus, die Großen streiten sich den ganzen Tag..ich habe heute so schlimme Rückenschmerzen, und musste mich jedesmal aus dem Bett quälen, um zu schlichten. Wenn ich mich dann wieder hinlegen wollte, fing Jennifer an zu schreien. Und der Friede zwischen den Großen hielt auch nur maximal 15 Minuten.

Und wie aufs Stichwort, fingen die beiden im anderen Zimmer an, miteinander rumzuschreien.

Ich ging rüber, riss die Tür auf und donnerte los. Wenn nicht sofort Ruhe herrscht, werdet ihr Papa mal in Bestform erleben! Sprachlos schauten mich die beiden an und....fingen an zu grinsen....

Schnell zog ich die Tür hinter mir zu, sie sollten mein Lachen nicht sehen.

Als ich wieder bei Martina war , hatte ich immer noch ein Lächeln im Gesicht. Das hätte ich besser nicht haben sollen...Ist das alles, was du an Erziehung zu bieten hast, wurde ich mit einer eiskalten Stimme gefragt...

In diesem Moment ging es drüben wieder zur Sache...Irgendwas krachte an die Wand...und das Geschrei ging von vorne los.

Wieder ging ich rüber, so Leute, heute ist das Abendessen gestrichen, ihr bekommt jeder ein Stück Baguette, aber hier im Zimmer.
Wow, war ich autoritär. Martina schaute mich nur mitleidig an. Glaubst du das wird helfen? Na klar, sagte ich stolz, oder besser wollte ich stolz sagen, denn drüben rumpelte es schon wieder.

Martina kugelte sich vor lachen...so geht das schon die ganze Woche.

Dann tat ich etwas, worauf ich heute nicht mehr stolz bin, was mir aber damals als einzigste Erziehungsmethode noch einfiel. Ich

ging rüber und gab jeder der beiden, einen festen Klaps auf den Po.

Ich muss dazu sagen, dies war das erste und letzte Mal, wo ich meine Kinder gezüchtigt habe.
Ich verließ das Zimmer und es war still.

Bei Martina angekommen, erzählte ich es ihr und sie schaute mich an. Es ist so still da drüben, du hast sie doch nicht auf den Kopf geschlagen? Ich schüttelte den Kopf und horchte..., Stille...

Wir schlichen uns zum Zimmer der beiden, gingen vorsichtig rein, die Kinder waren im Bad...wir schauten vorsichtig um die Ecke und konnten uns ein Lachen nicht mehr verkneifen. Die beiden saßen in der Dusche und brausten sich gegenseitig in friedlicher Eintracht ihre Hintern mit kaltem Wasser ab....

Dann war unsere Hotelzeit zu Ende und wir konnten in unser Haus ziehen...doch davon morgen mehr...

Gestern erzählte ich doch über die französische Sprache. Eine der schwersten Sprachen der Welt. Und keine meiner vier Süssen konnte sie.

Als wir dann eingezogen waren, habe ich meine Töchter in die Schule geschickt. Nadja und Rebecca in die Ecole Primaire und Jennifer kam in die Creche.
Für Martina hatte ich eine Französisch-Lehrerin besorgt, die auch gleichzeitig den Job einer Haushälterin übernahm.

Trotzdem, keiner der vier sprach auch nur ein Wort Französisch. Was ich meinen Töchtern damit zugemutet hatte, wurde mir bald klar, Heulen und Zähneknirschen war angesagt, Papa, wir haben nichts verstanden, und die Lehrerin ist doof...

Hmm, warum nur ist die Leherin doof? fragte ich mich.

Na, die will Lehrerin sein und kann noch nicht mal deutsch....
Soweit kindliche Logik....!

Die Sache begann sich auszuweiten.

Eines Tages erhielt ich einen Anruf im Büro. Du, Schatz Murdock ist abgehauen und ich weiß nicht, wo er ist. Und dauernd ruft mich eine Frau an, die ich nicht verstehe.

Zur Erklärung Murdock ist unsere Deutsche Dogge gewesen, die ca. 1,20 m Stockmaß hatte!

Ich lies dann in meinem Büro alles liegen und stehen und fuhr von Draguignan nach Puget um dort nach dem Rechten zu schauen.

Auf dem Nachhauseweg fuhr ich bei unseren neuen Nachbarn vorbei und sah....unseren Murdock..., der es sich auf dem Fußabtreter unserer Nachbarn gerade gemütlich machte.

....und eine Dame, die mit einem Besenstiel durch den Türspalt, versuchte meinen Hund zu verscheuchen.
Ich hielt an, stellte mich und meinen Hund vor und nahm Murdock an eine Schnur, die Leine hing ja zu Hause.

Unsere Nachbarin, P. und ihre Tochter waren sehr erleichtert und sie erzählten mir, dass sie seit 3 Stunden versuchten, aus der Wohnung zu kommen, aber

keiner traute sich, da alle Angst vor unserem "Kalb" hatten.
Wir haben auch schon bei Ihnen angerufen sagte P., aber Ihre Frau spricht kein französisch und sagte jedesmal nur "Oui Murdock" und legte wieder auf.

Oui und No waren die bis dahin einzigsten Worte, derer mein Schatz mächtig war.

Ein anderes Beispiel, (Martina wird mich verhauen, wenn ich das erzähle), unsere Nachbarin hieß mit Kose-oder Spitznamen Poupette, was auf deutsch Püppchen heißt.
Beim genauen Zuhören fiel mir folgendes auf. Jedesmal, wenn Martina Poupette ansprach, klang etwas undeutlich durch...."Poubelle".

....aber Poubelle heißt beileibe nicht Püppchen sondern....

........................Mülleimer.........

Somit hatte unsere Nachbarin und wenig später auch sehr gute Freundin, einen neuen Spitznamen und Martina schämte sich ungefähr 20 m tief in den Erdboden...*ggg*

Heute belaß ich es dabei, morgen geht

es weiter...wir hatten nicht nur einen der größten, sondern auch den kleinsten Hund der Welt....

Was war es doch für eine schöne Zeit...Die Arbeit brachte mich nicht um, das Wetter war himmlisch und Martina blühte richtig auf.

Zwar immer noch von Rückenschmerzen geplagt, fing sie an den Garten herzurichten, Bäume pflanzen, Blumen setzen und einen Rasen, jaaaaaaa, den bekamen wir auch.

Zu meiner vollsten Unzufriedenheit, denn jetzt hieß es regelmäßig Rasenmähen und nichts hasste ich mehr als das.

Eines Tages kam ein Lkw hinter meiner Frau auf unser Grundstück gefahren und brachte....süsse kleine Oleandersetzlinge.

Martina war am Aussteigen und winkte...komm abladen helfen, ich mag nicht immer beobachtet werden, wenn ich mal in den Pool gehe...Hmmm....grinste ich, da gibt es nichts, was man als Mann übersehen sollte...

Dennoch war mein Turn gekommen. Ich sollte 120 Setzlinge Oleander

eingraben. Und das mir, der von Gartenarbeit genauso viel verstand, wie Angela Merkel vom Schminken.

Ach Schatz, meinte sie, schon aus sicherer Entfernung, immer das Grüne nach oben, dann ist alles richtig....

Sie musste nochmal in die Stadt und ließ mit mit 121 Setzlingen zurück. 120 Oleander und einer Jennifer....

Ich fing an und kam entgegen meiner Annahme gut voran. Auf einmal erschien mir etwas als nicht richtig...Ein feines Plätschern war mir zu Ohren gekommen. Ich drehte mich zum Pool und sah ein Püppchen, eine Barbiepuppe, auf dem Wasser schwimmen...

Verwundert lief ich zum Rand des Pools und zu meinem Entsetzen sah ich meine kleine Jennifer unter Wasser....den Mund fest verschlossen, die Augen weit aufgerissen...

Ich sprang hinein fischte mein Mädchen heraus und im gleichen Moment tat sie einen tiefen Atemzug und sagte... "Schenni swimmen".

Mein Gott, hätte ich nur 30 Sekunden länger nicht geguckt, wäre unsere Kleine im Pool ertrunken.

Mir zitterten die Knie und als ich dann Martina alles beichtete, war zuerst die Hölle los, aber abends kam sie auf meine Seite des Bettes gekrabbelt und entschuldigte sich für Ihren Wutausbruch, zumal sie genau wusste, das es ihr
auch hätte passieren können.

Nun ja, die Entschuldigung nahm ich an und über den Rest decken wir das Mäntelchen des Gentleman's....*ggg*

Unsere Freundschaft mit unseren Nachbarn vertiefte sich mehr und mehr. Zur Erläuterung Francois und Francoise D. mit Töchter Karine und Spohie, waren die einen Nachbarn und Francois und Poupette (Poubelle...lol...) L. die anderen.

Fast jeden Abend waren wir zusammen, aßen a "la bonne franquette", feierten sogar Weihnachten und Neujahr zusammen und waren einfach nur glücklich.

Francois D. nahm mich mit zum militärischen Aeroclub nach Frejus. Jeder Angestellte der französischen Streitkräfte konnte die Anlagen und

Flugzeuge nutzen. Francois meinte, ob ich nicht den Pilotenschein machen wollte?

Ein Traum wurde wahr, einen Flugschein machen, nichts dafür bezahlen zu müssen und später auch noch kostenlos fliegen dürfen..wow...

(Anmerkung: Francois D. verunglückte 2010 mit einem selbstgebauten Flugzeug über St. Tropez tödlich).

Ich hatte ja schon eine Fallschirmspringerausbildung (dazu später mehr, es betraf nämlich auch Martina) und ging daher nicht total unbedarft in die ganze Sache. Auch mein Schatz stimmte letztendlich zu und somit begann ich mit der 3 monatigen Ausbildung und schloss diese mit meinem ersten Alleinnavigationsflug und einer bestandenen theoretischen Prüfung ab.

Als meine Schwiegermutter mal wieder zu Besuch kam, lies ich den Drachen steigen...

...d.h. ich buchte ein Flugzeug und ging mit ihr Fliegen...*ggg*

leider habe ich keine guten Nachrichten für euch. Mein Problem mit meiner Blase, nach 12 Jahren suprapubischem Katheder, hat sich als größer herausgestellt, als ich mir erhofft hatte.

Meine Blase ist erheblich geschrumpft und hat nur noch ein Fassungsvermögen von ca. 100 ml. (Eine gesunde Blase kann bis zu 2,5 l fassen). Somit ist die Verletzungsgefahr durch Katheder, etc. so hoch, das diesmal eine Hämaturie entstand. (Verletzung der Blasenwand mit Einblutungen).

Nun weiß ich nicht, was ich machen soll. Eine OP würde ein erhebliches Risiko bedeuten, (Erstellung einer neuen Blase aus Darmgewebe), da diese mehr als 6 Stunden dauern kann.

Schon beim einer letzten Vollnarkose 2006, die OP dauerte nur 2 Stunden, hatte ich in der Aufwachphase einen schweren Schlaganfall erlitten.

Heute jedenfalls stehe ich unter starken Schmerzmitteln und kann kaum geradeaus gucken...

Aber ich will und werde diese Geschichte fertig schreiben, das habe ich mir und Martina versprochen, nur leider heute geht es wirklich nicht.

UFFF, so viel habe ich noch nie auf dem Handy getippelt, gut dass ich den kleinen Stummel von Tschibo habe.

Ja, ja lacht nur....schlecht ist nur, wer schlechtes denkt...sagte mal irgend ein berühmter Mensch...*ggg*

Ich drück euch alle....

....nur noch eins zur Nachricht von gestern. Ich werde mich nicht operieren lassen.

Ich nutze lieber die Zeit die mir noch bleibt, es kann mir sowieso niemand sagen, wie lange es noch so gehen kann und wird...aber nur auf eine minimale Chance hoffen und diese Zeit wegwerfen? Nein.

...außerdem bin ich dann da, wo ich sowieso hin will.

Ihr Lieben...

wenn man seine Schwiegermutter gut leiden kann, tut man nicht das, was ich mit der armen Frau gemacht habe. Ich gehörte aber noch nicht zu den 0,55 % die ihre Schwiegermutter zur damaligen Zeit liebten...

Wir kamen erst gut miteinander aus, als sie jedes zweite Jahr zu uns nach Afrika zu Besuch kam.

Also lud ich sie ein, einen Rundflug über die Cote d'Azur mit einer kleinen Cessna 152, das ist ein kleiner 4-Sitzer, die, wie man in Fliegerkreisen sagt, jede Delle in der Luft mitnimmt...

Außerdem sah mein Flugplan vor, immer schön an der Küste entlang zu fliegen. Schön an der Grenze zwischen Land und Wasser. Diejenigen, die was davon verstehen, werden sich schon das Lachen verbeißen...

Den anderen sei zur Erklärung gesagt, die Luft ist IMMER etwas (sehr) unruhig bei Übergängen zwischen Land und Wasser....

Ich machte meinen Check und winkte meinem Schwiegermonster...ähhh ...mutter, die Maschine sei bereit zum Einsteigen.

Ihr Gesicht war etwas angespannt, aber durchaus noch im Bereich, wo man sagen konnte, sie sei flugtauglich und flugwillig.

Ich meldete meinen Flug beim Tower an und wir rollten auf unsere Startposition. "Holding position, clear to take off". "You cleared to take off, have a nice flight" kam aus dem Funkgerät und ich beschleunigte auf Vollgas.

Ihre Knöchel verkrampften sich um ihren Strickweste, aber sonst schien alles normal. Ich zog am Ruder und wir stiegen bis auf 1000 Fuss. Ich meldete mich bei Frejus Tower ab und rief Cannes Tower, das ich in ihren Luftraum einfliegen werde.
Wir erreichten unser Ziel...die Küste!

Was war das...meine kleine Cessna fing etwas an zu rumpeln...das Gesicht meiner Schwiegermutter wurde bleich. Das ist nicht schlimm, das ist wie man über einen schlechte Straße fährt...sagte ich ihr...Rumms, rumms, rumms..es schüttelte gewaltig. Es war diesig und daher noch mehr Turbulenzen als sonst.

Dann merkte ich, das es nicht mehr so spaßig war, wie ich dachte...ich versuchte aus diesen Strömungen herauszufliegen, aber bis ich das geschafft hatte, hing meine Schwiegermutter schon in den Seilen.

180 Grad Spitzkehre, ohne Rücksicht auf Schwiegermutter und Flieger und zurück nach Frejus. Mayday, mayday, habe eine luftkranke Person an Bord, meldete ich dem Tower.

Meine arme Schwiegermutter hatte sich mittlerweile in ihre Strickweste verliebt und erlebte ihr Mittagessen noch einmal, aber in die andere Richtung.

Mittlerweile war ihre Gesichtsfarbe von bleich, auf Gelb/grün und dann auf ein fahles braun gewechselt.
"You are number one, clear to land" hörte ich aus dem Funk. "Do you need an ambulance?" Ach du liebes bisschen, wenn das Martina mitkriegt, bin ich geliefert... "Not sure yet," bellte ich in den Funk...

Dann landete ich und war doch ein bisschen stolz auf mich, immerhin hatte ich es geschafft drei große Militärmaschinen in die Warteschleife zu schicken, damit ich landen konnte..*ggg*

Kaum hatte meine Schwiegermutter wieder festen Boden unter den Füssen, ging es ihr auch schon besser...

Aber da sagen wir nichts Martina davon, so will ich mich nicht blamieren, sagte sie....

Häääääääää...HURRA, gerettet, dachte ich mir...und zu Hause erzählte sie dann, wie toll der Flug doch gewesen sei. Martina schaute ungläubig zwischen mir und meiner Schwiegermutter hin und her, und ich...setzte mein nettestes Lächeln auf, wie ich dachte...

Später nahm mich Martina beiseite und sagte, du, ich hab dein Grinsen gesehen...du hast doch keinen Stunt abgezogen, oder?
Ich doch nicht, Schatz, wie könnte ich....

Der Grund, warum sie fragte, war verständlich, denn immer wenn ich meine Familie zum Fliegen mitnahm, ging mir das Geschreie und die Streitereien meiner Kinder auf den Senckel...ich stieg dann auf 5000 Fuß und himmlische Ruhe herrschte...alle 3 schliefen tief und fest und wir hatten unsere Ruhe.

Der Grund...keine Druckkabine in einer Cessna, somit nur wenig Sauerstoff in

5000 Fuß, für Kinder ein sehr gutes Schlafmittel!

Die nächste Geschichte wird dann von einem anderen Element handeln, ein Element, indem sich Martina ausnehmend wohlfühlte und sich auch äußerst talentiert verhielt.

Heute wollte ich eigentlich über Martinas besondere Begabung berichten, aber dann hab ich gesehen, dass ein Erlebnis tabellarisch noch vorher dran kommen muss.

Es war Frühsommer, eine herrliche Jahreszeit in Südfrankreich. Das Wetter ist ruhig, es ist fast windstill und die Sicht ist großartig.

Und....meine Schwiegermutter war zu Besuch...*ggg*

Ich verpflichtete also meine

Schwiegermama zum Babysitten, packte meine Martina am Schlaffittchen und ehe sie sich versah, saßen wir im Auto in Richtung Pau.

Unterwegs hatte sie natürlich nichts besseres zu tun, als mich zu löchern...aber...ich blieb standhaft.

In Pau angekommen, hatten wir noch einen Termin beim Onkel Doktor, der nach einer kurzen Untersuchung den Daumen nach oben reckte und somit war der Weg frei...

Frei für was???...dachte sich mein Tinchen wohl und ich bog ab in Richtung Flughafen.

Wir machen heute einen kleinen Rundflug sagte ich ihr...sie schaute mich an, als wenn ich ihr gerade vorgeschlagen hätte, noch ein Kind zu machen...wobei ich das als sehr anregend empfunden hätte...*ggg*

Wieso fliegst du nicht selber, warum müssen wir soweit fahren um in ein kleines Flugzeug zu steigen? Fragen über Fragen...und ich blieb.....standhaft.

Der Start und das Steigen auf 3000 Meter waren ein Genuss. ich drehte mich zu ihr um und sagte, so jetzt müssen wir uns umziehen, der Flieger wird zwar landen, aber nicht mehr mit uns....

Kreeeeeiiiiiisch niemals springe ich hier raus, du bist des Wahnsinns fette Beute, die anderen Worte sind leider nicht ganz druckreif, daher...*piep* *piep* *piep*

Letztendlich siegte aber doch die Neugier bei ihr...was auf dem Nachhauseweg dann so alles gesagt wurde,.... na ja...

Nach weiteren 10 Minuten war es dann geschafft. Martina war in der Montur und ich bereitete die Riemen vor, um sie an meinem Körper festzuschnallen. Während der Vorbereitung gab ich ihr noch letzte Anweisungen, speziell wegen der Landung, da sie aufgrund ihrer Lähmung, ihre Beine selbst festhalten musste, weil ich die Landung alleine bewältigen musste.

Dann saßen wir in der Tür...Martina drehte sich um, und sagte nur, wenn wir unsere Kinder zu Vollwaisen machen, dann rede ich kein Wort mehr mit dir....und grinste voller Vorfreude...

Abstoß...und der freie Fall begann. Es ist

unbeschreiblich, wer einmal den freien Fall erlebt hat, sei es Bungee oder Fallschirm wird süchtig danach werden. Diese knappe Minute kann ein Leben verändern...

Viel zu schnell kam die Zeit zum Ziehen der Reissleine und die nächsten 3-4 Minuten Schweben und sich umsehen sind aber fast ebenso schön...

Die Landung verlief glatt, Martina nahm schön ihre Beine hoch und so konnte ich aus- und umlaufen...ich machte sie los, sie setzte sich auf und sie gab mir einen dicken Kuss und sagte...danke...wegen deiner verrückten Ideen liebe ich dich...

Liebe Freunde,

ich habe mich heute entschlossen, all mein Hab und Gut zu verkaufen und auf eine Reise im Rollstuhl rund um die Welt zu gehen und dabei zu mir selbst zu finden.
Der Erlös meines Verkaufs kommt hilfsbedürftigen Obdachlosen zu Gute.
Ich wünsche euch alles Gute!

Hallo!!!
Ich bin wieder da. Hinter Korbach wurde es mir zu langweilig, da bin ich wieder umgedreht.

Nein ihr lieben, natürlich war es ein Aprilscherz. Ihr habt es ja zum größten Teil gemerkt. Aber zutrauen tut man es mir, dass habe ich auch herausgehört. Und die haben recht.

Sollte ich den Schmerz um Martina jemals überwinden, und meine

körperlichen Probleme noch einmal in den Griff bekommen, dann werde ich meinen Lebensabend bestimmt nicht in Deutschland erleben. Dazu bin ich viel zu sehr Wandervogel. Es gibt noch viel zu viel zu erleben und zu sehen.

Auch habe ich im Rollstuhl meine Grenzen noch nicht ausgetestet.
Schlaft gut und bitte nicht böse sein, ob des kleinen Scherzes.

Gute Nacht....*ggg*

sodele, da bin ich wieder, zwar noch nicht in alter Frische, aber immerhin...

wie ihr wisst, gab es bei uns einen ganz großen und einen ganz kleinen...und die beiden brauchten auch mal einen Onkel Doktor. Sogar mehr als einmal...

Gulliver, (der kleine), war ein Zwerg Yorkshire Terrier und Murdock, (der große), war eine deutsche Dogge, beides Rüden, aber wer der Herr im Haus war, sollte ziemlich schnell offensichtlich werden. Es war natürlich....Gulliver!

Impfungen, kleinere Verletzungen aus dem Garten, Gullivers Probleme, zu lange Zunge, offene Fontanelle, etc. liessen uns rasch zu einem VIP-Kunden bei unserem lokalen Tierarzt. Dr. Phillippe L. werden. Daraus wurde auch rasch eine tiefe Freundschaft mit Phillippe und Claire.

Beide betrieben eine Sportart, die Martina sehr faszinierte. Sie tauchten...

Eines Tages, wir saßen bei einem gemeinsamen Mittagessen, lud uns Phillippe auf sein Boot ein. Martina war sofort hell begeistert, nur ich...erinnerte mich an eine Überfahrt mit der Fähre von Dover nach Oostende. 2 Stunden, bei strömenden Regen an Deck, hielt ich

damals die Reling fest..(damit sie nicht abfiel, natürlich...) und ermöglichte den dortigen Fischbeständen eine reichhaltige Mahlzeit und das mehrmals...

nur ich...erinnerte mich an einen Besuch in der Bretagne, als wir bei Ebbe Jakobsmuscheln sammeln gingen und ich, nur vom ständigen Schauen auf den welligen Sand seekrank wurde...
...sollte auf ein Boot!

Nun ja, ich konnte und wollte Martina die Freude machen und so gingen wir eines schönen und fast windstillen Wochenende auf das Boot der Familie L.
...und überall lagen Taucherutensilien herum...

Martina war sofort Feuer und Flamme und die beiden Mädels verschwanden unter Deck. Phil und ich saßen am Steuer und ließen es uns gut gehen...ein kleiner Apero und Antihistaminika ließen mich das Bauchgrummeln erst mal vergessen.

Auf einmal kamen Claire und Martina wieder hoch und Martina sagte freudestrahlend. Wir gehen tauchen... WIR gehen tauchen, wohlgemerkt.
Claire war ausgebildete Tauchlehrerin und somit stand einer Einweisung in die Unterwasserwelt des Mittelmeeres

nichts mehr im Wege.

Das schlechte war, Claire und Phil hatten die gleiche Kleidergröße wie wir...und genügend Neoprenanzüge an Bord in die wir uns nun hineinzwängten. Nach den obligatorischen Trockenübungen stiegen wir in ein kleines schaukelndes Schlauchboot um. Da fiel mir meine Seekrankheit wieder ein...und schon war es wieder da, das Bröckleinlachen...

Unterdessen war Martina schon bereit, hatte ihr Atemgerät an und wir schoben sie zu Claire ins Wasser. Schnell merkten wir, es ist gar nicht so einfach, eine Querschnittsgelähmte tauchen zu lassen. Ihre Beine schwammen nach oben und wollten einfach nicht so, wie sie es wollte. Dann griffen wir zur Methode "Mafia". Wir banden ihr Bleigewichte an die Füße und schon ging's abwärts...
Über das Hochholen machten wir uns später Gedanken.

Auch ich ging ins Wasser...und was soll ich euch sagen...es war herrlich!!! Kein Würgereiz, keine Seekrankheit und es war, ja wie...wie ein Himmel auf Erden...

Ich erreichte Martina und sie schwamm umher, schaute alles an und fühlte sich wie....nun ja...in ihrem Element. Ihre

Beine schienen sie überhaupt nicht zu behindern, sie war in einer Umgebung, wo ihre gelähmten Gliedmaßen keine Rolle zu spielen schienen. Sie war einfach nur glücklich, was sie mir auch zeigte...und wenn sie es war, war ich es auch...

Wir gingen nochmals zur Schule und machten beide unsere Dive-Master Lizenz und machten noch viele Tauchgänge zusammen, unter anderem auch auf den Seychellen, aber davon später mehr...

Ach ja, noch was habe ich vergessen, natürlich ging ich der Schiedsrichterei noch weiter nach, sowohl in den USA, in Deutschland, als auch in Frankreich.

...viele von euch hat es interessiert, wie Martina trotz Bleigewichten an den Füssen wieder an die Oberfläche gekommen ist...ganz einfach und unspektakulär...
Jeder Taucher hat eine Weste um, die im Notfall aufgeblasen wird. Damit geht das Auftauchen ganz einfach, egal wie schwer man ist...und wenn man nicht die kritische Grenze von 30 Meter Tauchtiefe überschreitet, ist auch eine Dekompression nicht nötig.

Soviel dazu, viele Tauchausflüge gingen und kamen und das Jahr 1989 brachte, wie alle wissen, die Wiedervereinigung.

Auch wir saßen vor dem Fernseher und starrten ungläubig auf das, was da passierte. Niemand aus unserer Generation dachte damals noch an eine Wiedervereinigung der beiden deutschen Staaten. Ab er sie kam und damit kam auch das Ende des kalten Krieges.

Abrüstung war die Devise, nachdem der "Erzfeind" von damals seine Waffen streckte oder strecken musste.

Der Zerfall der Sowjetunion war gleichzeitig der kurzzeitige Zerfall der deutschen Rüstungsindustrie (bis G.W. Bush neue Feinde ausmachte) und somit war auch mein Job akut bedroht. Die Abteilung "Rüstung" wurde von 3800 Personen auf 250 heruntergefahren und auch mir wurde 1991 ein lukrativer Aufhebungsvertrag angeboten, den ich natürlich annahm.

Wir blieben noch ein Jahr in Frankreich, wobei ich mich in Frankreich um einen Job bemühte. In dieser Zeit assistierte ich meinem Freund Dr. Phil. L. in seiner Tierarztpraxis. So kam ich dann doch noch in die Nähe meines damaligen Traumberuf, der Chirurgie.

Katzen und Hunde kastrieren, bei größeren OP's assistieren, ich glaube, ich hätte das noch ewig so weitermachen können.

Aber dann kam es, wie es kommen musste.

Eines Tages lag ein Angebot meines Headhunters vor, das ich unmöglich ablehnen konnte, aber das hieß leider...

zurück nach Deutschland...

...eines, was uns immer traurig gemacht hat...wir haben Frankreich und unsere Freunde niemals wiedergesehen...

allen Freunden einen schönen Sonntag, heute hab ich mal wieder Schwierigkeiten mit meinem Körper, der nicht mehr so will , wie ich es gerne hätte...

Der Umzug ging etwas zäh vonstatten. Ich musste vorweg fliegen, da mein neuer Arbeitgeber meine Dienste sofort in Anspruch nehmen wollte.

Martina überwachte derzeit den Umzug. 3 Monate waren wir alle getrennt, bis ich sie dann endlich wieder in meine

Arme schließen konnte.

Der Möbelwagen war schon auf dem Weg nach Deutschland, als wir uns von unseren Freunden verabschiedeten. Viele Tränen flossen, es war herzzerreißend.

Wir wussten zum damaligen Zeitpunkt nicht, das es ein Abschied für immer sein sollte. Aber die Mädchen halten heute immer noch Kontakt mit ihren Freundinnen.

Speziell Claire und Francois sollten wir in diesem Leben nie wiedersehen. Claire beging 2002 Selbstmord und Francois verunglückte 2006 mit seinem Flugzeug tödlich.

Nach 12 Stunden Fahrt erreichten wir unser Ziel, wer aber dachte, das Ganze ging ruhiger vonstatten, als bei der Hinfahrt, sah sich getäuscht. Alle waren zwar 5 Jahre älter, aber auch mindestens 50 db lauter...aber wiederum schafften wir es, heile und in einem Stück anzukommen.

Tja, dann waren wir wieder in Deutschland. Mein neuer Arbeitsplatz war in Duisburg. Und unsere neue Wohnung war in Neukirchen-Vluyn.

Der Ruhrpott...schmutzig, wolkenverhangen und kalt, so kam es uns vor, der genaue Gegensatz zu Südfrankreich und Florida.

Schon auf der Fahrt bekamen wir Heimweh, Heimweh nach der Sonne, dem Meer und der guten Luft.

Martina und ich schauten uns an und wir wußten...diese 3 Jahre sitzen wir auf einer Backe ab und dann wieder nix wie weg...

Wir kamen uns vor, wie Uli Hoeness, vor der JVA...3 Jahre waren es und ohne Aussicht auf eine 2/3 Strafe.

...aber wir hatten ja Freigang...*ggg*

Ich war Geschäftsführer eine Firma in Duisburg und einen Zweitsitz in Frankreich mit insgesamt 800 Mitarbeitern. Ich pendelte also immer wochenweise zwischen dem Ruhrpott und Frankreich.

Das Arbeiten fürs Militär war doch geruhsamer als das Arbeiten in der deutschen Wirtschaft. Meine Tage wurde lang und länger, meine Dienstreisen weit und weiter, aber auch mein Gehalt glich sich dementsprechend an.

Wir konnten uns auf einmal Dinge leisten, die vorher undenkbar waren... Meine Töchter bekamen jeder ein eigenes Pferd, Nadja einen Motorroller und meine Martina, ja mein Mäuschen ging shoppen...

Ich kaufte Anzüge, die jenseits der Preise lagen, die ich jemals gewillt war, auszugeben. Aber das war halt eine Notwendigkeit.

Einen Mercedes als Dienstwagen, ein Porsche 928 Turbo Strosseck stand vor der Tür,

...auch Martina bekam ihren neuen Wagen. Umgebaut speziell für sie, mit allem Schnick Schnack, was die Behindertenindustrie so hergab, zu dieser Zeit.

Und ich...ja, ich leistete mir auch ein weiteres Hobby, neben der Schiedsrichterei...zusammen mit einem Bekannten, den ich in Duisburg kennengelernt hatte, wurden wir Rennstallbesitzer, der Stall Easy wurde

gegründet...Auf einmal war ich stolzer Mitbesitzer von 11 Trabrennpferden...und wir machten mit unseren Pferden die Rennbahnen von Gelsenkirchen, Recklingshausen, Dinslaken und Mönchengladbach unsicher.

Eines blieb aber fast auf der Strecke...unsere Gemeinsamkeiten, unser Zusammenhalt, wir sahen uns nur noch gelegentlich, ja, es kam soweit, dass ich einen Koffer mit schmutziger Wäsche hinstellte und einen neuen gepackten griff, um am gleichen Tag noch auf die nächste Dienstreise, Fußballspiel, etc. zu gehen.

Und unsere Villa...nun ja, Sauna, 280 qm, alles was das Herz begehrt. Schon für damalige Verhältnisse eine Wahnsinnsmiete...

Denen geht es gut...dachten alle...aber tief in unserem Herzen wussten wir, Deutschland wird niemals wieder unsere Heimat werden...

Als wir merkten, dass all das Geld, die schönen Dinge, uns nicht werden ersetzen können, was wir schon fast verloren geglaubt hatten, nämlich uns.

Gottseidank, konnten wir aber noch eins...miteinander sprechen, was wir

von diesem Zeitpunkt an auch taten.

Geld allein macht nicht glücklich, das wussten wir jetzt und wir machten das Beste aus der verbleibenden Zeit in Deutschland, denn wir wussten, es wird auch wieder anders werden...

Heute bin ich etwas schreibfaul, aber ich habe trotzdem noch ein paar Bilder eingescannt, um sie euch zu präsentieren.

Außerdem gab es in diesen 3 Jahren nichts zu berichten, was auch nur im entferntesten mit unserer Liebe zu tun hatte.

In dieser Zeit entfernten wir uns mehr und mehr von einander, weil ich meine Arbeit und meine Vergnügen über meine Frau und meine Familie stellte.
Dienstreisen, Reisen für die Schiedsrichterei, Trabrennpferde, ihr könnt euch vorstellen, wie viel Zeit mir dann noch blieb, um für meine Familie da zu sein.
Allerdings ging es uns finanziell so gut, dass dieses Manko übertüncht wurde...heute weiß ich es besser...

Daher möchte ich diese 3 Jahre am liebsten ausblenden, aber sie gehört nun mal zu unserem Leben...

Erwähnenswert bleibt mir nur im Gedächtnis, dass ich 6 Wochen in China verbrachte, um mit einem chinesischen Konkurrenten eine Joint Venture Verhandlung zu führen, welche meiner Firma zu einem 200% Umsatzplus verhalf...

...das ich Leute wie Mario Basler, Hannes Bongartz, Wilfried Hannes und viele mehr, auf den Trabrennbahnen dieser Region, kennenlernte...

...das ich Porsche fuhr und in einer Autobahnaustelle mit 227 km/h geblitzt wurde und meinen Führerschein verlor...

...dass ich eine Dreierwette in Dinslaken als einzigster traf und 121.000 DM gewann...

...dass ich auf schreckliche Weise herausfand, dass ich gegen Ibuprofen mit einem schweren anaphylaktischer Schock reagierte und Martina mir zum ersten, aber nicht zum letzten Mal, das Leben rettete...

aber was war das schon..., ich liebte diese Frau so sehr und hätte sie doch beinahe verloren...

wir wussten, dass wir hier nicht bleiben und uns wohlfühlen würden, das war der Zusammenhalt, an den wir uns klammerten.

Und diese Zeit sollte erst wieder kommen...und sie kam wieder, denn unsere Liebe war unendlich...

heute mache ich Schluss mit meinen Schilderungen von Deutschland, denn es war keine sehr schöne Zeit.

Wir werden Deutschland erst 2010 wiedersehen...dann bis zu meinem persönlichen Armageddon 2013... und wieder ist Deutschland der unrühmliche Platz, der aber diesmal mein Glück und meine Liebe vollkommen zerstörte...

Aber erst mal geht es morgen nach Afrika!

Afrika muss leider heute noch etwas warten, gestern habe ich "durchgemacht".

Beim Quizduellspielen lernte ich einen sehr netten Mann kennen, wir tauschten Telefonnummern und ich rief ihn an. Es war gegen 1.30 Uhr.

Wir waren uns sehr sympathisch, fast gleichaltrig, und so kam es, wie es kommen musste...

.....ja, liebe Mädels, auch Männer können Quatschtanten sein!!!!

Um 5.00 Uhr legte ich wieder auf und an Schlaf war natürlich nicht mehr zu denken...*ggg*

Also entschloss ich mich, diesen Schlaf heute im Laufe des Tages nachzuholen....bis auf die jetzigen 10 Minuten, um meine Hundis zu füttern.

Und schon isser wieder im Land der Träume...

Tschüüüüüüüüsss, bis mooooorgen.....

Hatte heute einen lieben Besuch, der bis eben geblieben ist. (Auch ein fleißiger Leser meiner Seite hier). Es hat mich sehr gefreut aufgebaut und mir ein bisschen von dem wiedergegeben, was ich verloren geglaubt zu haben.

Der Umkehrschluss ist aber, da ich heute schon so lange sitze, kann ich jetzt nichts mehr schreiben und muss euch leider daher schon wieder auf morgen vertrösten...

Bitte nicht böse sein, er kommt ja wieder...*g* Fühlt euch alle gedrückt!

da wir seit dem 1.4. dieses Jahres keinen Supermarkt mehr in unserem

Kaff haben, war ich heute gezwungen nach Kornbach mit dem Bus zu fahren, um einkaufen zu gehen.

Dies ist nun erledigt, und der Kerl, der den Einkauf gemacht hat....
auch...

Aber versprochen ist versprochen, wenn es heute auch nur etwas kleines und mehr eine Bildergeschichte ist.

Heute gibt es dann mal Bilder auf die Augen "Swaziland zum Kennenlernen"...

...oder wie ich sagen würde, anfangs mein Traum, später mein Alptraum...

Liebe Freunde, es geht doch tatsächlich weiter....

Afrika...1995...

...wir saßen auf unseren gepackten Koffern und warteten auf das Last-Taxi. Unser Flieger ging um 8.30 Uhr und wir saßen gestriegelt und gespornt schon um ...5.00 Uhr in unserer leeren Wohnung.

Es war alles verpackt und im Container, unsere Autos ebenfalls. Wir hatten gerade noch ein paar Flaschen Wasser, um den schlimmsten Durst zu stillen.

Zum ersten Mal brach unsere kleine Gruppe auseinander. Nadja war fast 17 und hatte einen festen Freund, den sie nicht zurücklassen wollte. so blieb sie zurück...und Oma passte auf.

Ich glaube, Nadja hätte lieber nicht getan, denn es stellte sich später heraus, was für ein schlechter Mensch er war. Hätte ich ihn in die Finger gekriegt, dann...

Nun ja, es flossen reichlich Tränen, wie immer, wenn Lauer's mal wieder Abschied nahmen.

Um 6.oo Uhr kam dann das Taxi, dass uns nach Düsseldorf bringen sollte. Auf der Fahrt zum Flughafen hing jeder ein wenig seinen Gedanken nach, sogar Jennifer schaffte es, ihr Plappermäulchen einmal still zu halten, war vielleicht aber auch nur die Müdigkeit...*ggg*.

Was würde uns erwarten...Afrika, ein Kontinent, den weder meine Frau noch die Kinder jemals gesehen hatten. Ich kannte Afrika schon von früheren Dienstreisen, aber Swaziland war auch für mich Neuland.

Und...schon wieder eine neue Sprache lernen, vielleicht sogar zwei. Englisch war zwar Amtssprache, aber daneben gab es noch Siswati, die Muttersprache des dortigen Volkes der Swazis.

Eine absolute Monarchie sollte es dort geben, einen richtigen König, der mehrere Frauen hatte, aber keiner machte sich Gedanken, was das eventuell bedeuten sollte.

Hotelzimmer im Mountain Inn waren schon bestellt, unser Haus, das ich gekauft hatte, war noch nicht bezugsfertig, aber das kannten wir ja schon. Ihr erinnert euch bestimmt...*gg*.

Die Schulen waren auch schon reserviert, Rebecca ging nach Waterford-Kamhlaba Highschool und Jennifer ging zur Sifundzani Primary School. Ich bin mal gespannt, ob ihr Jennifer auf dem Klassenbild wiedererkennt.

Soviel zu den Vorbereitungen...aber zuerst ging es Düsseldorf- Frankfurt und in Frankfurt stiegen wir in den Flieger nach Johannesburg.
Das war der erste und letzte Langstreckenflug am Tage, den wir jemals machten. Es ist fürchterlich...12 Stunden Flugzeit am Tag, an Schlafen war nicht zu denken, alles viel zu hell.

Wenn ich alleine flog, flog ich immer nur nachts, aber zu spät...

Einzigartig für uns...es gab keinen Jetlag, denn im südlichen Afrika war die gleiche Zeit wie in Deutschland. Nur das wir jetzt in den Winter flogen, ja richtig...es war Winter in Swaziland...Im Hochsommer losgeflogen und im Winter angekommen, wow, was für eine Flugzeit.

Angekommen in Jo'burg, war unsere Odyssee aber noch nicht zu Ende. Wir mussten noch nach Manzini fliegen und von da aus mit dem Hotelbus nach Mbabane, der Hauptstadt von Swaziland.

Mit unseren Tonnen von Gepäck mussten wir uns in ein kleinen Flieger mit 60 Plätzen zwängen und der Pilot machte sich schon Gedanken, ob er auch alles mitnehmen würde können. Aber mit vereinten Kräften stemmte sich das Bodenpersonal gegen die Tür und siehe da, sie ging tatsächlich zu...!?!!

Swaziland...einige haben sich bestimmt die Bilder von gestern angeschaut, aber wenn man es live erlebt, trifft einem schon ein gewisser Kulturschock.

Dann, die Landung...Matsapha International Airport....schaut euch die Bilder an und vergesst Frankfurt oder Düsseldorf oder selbst Paderborn oder Kassel...*ggg*

Inzwischen prügelten sich die lokalen Träger, wer unser Gepäck tragen dürfe, unser Fahrer vom Hotel regelte die Sache ganz schnell, indem er jedem, der sich an unseren Koffern vergriff, in den Hintern trat. "They steal everything", meinte er freudestrahlend...."I will do it". Was meinte er damit, will er es stehlen??? oder er will es tragen, ganz sicher waren wir uns nicht....

Der Weg durch Passkontrolle und Zoll ging ohne Probleme vonstatten, wohl auch deswegen, weil zufällig eine 20 Rand Note in meinen Pass gefallen war...tztz...die böse aber auch..., wozu mir unser Fahrer fürsorglich geraten hatte.

Aus den Augenwinkeln sah ich, wie der Zöllner unserem Fahrer einen Schein zusteckte...aha, brüderlich geteilt, dachte ich...*g*

Mit dieser Situation sollten wir noch viele Male konfrontiert werden...Ohne geht gar nichts....alles dauert lang und länger...

Ich sah die Gesichter meiner kleinen Truppe, als wir den Flughafen verließen...die Mundwinkel zuckten... Ein verrostetes Schild beim Verlassen des Flughafens sagte uns..."Welcome in Swaziland".

Ein Minibus stand bereit...die Reifen konnten Vettel und Schumacher sofort aufziehen und losfahren, es waren tadellose Slicks. Auch das Innere des Busses war nicht viel vertrauenserweckender...beim Losfahren bemerkte ich, das unser Driver die Bremsen immer mehrmals durchtrat, bevor er zum Stehen kam...hmmm, vielleicht muß man das in Swaziland so machen?.....

Dann auf der Fahrt, zeigte sich die ganze Geschicklichkeit unseres Fahrers, er schaffte es doch tatsächlich jedem Schlagloch über einem Meter Tiefe auszuweichen...über die anderen decken wir den Mantel des Schweigens und schmerzende Pobacken...

Links und rechts, die Lehmhütten der Einwohner, die sog. Mudhats...die sahen tatsächlich aus, als wären sie mit Spucke zusammmengeklebt...und ich beging den Fehler des Tages. "Seht mal, so schön sieht unser Haus auch aus...."

AUWEI, auwei, auwei...

Bevor ich "Spaß" sagen konnte sah ich wiederum in die Gesichter meiner kleinen Truppe, bei Martina und Rebecca kullerten dicke Tränen die Backen herunter, der Kulturschock hatte sie voll im Griff...

Und Jennifer, die das alles bis dahin recht spannend fand, heulte dann halt aus Sympathie gleich mit...

Martina wischte sich die Augen und schaute mich wie ein waidwundes Rehlein an und piepste..."ist das überall so?"

Papa, fliegen wir morgen wieder nach Hause?

Hääääääää........

Hallo, ihr Lieben, heute habe ich mal keine Entschuldigung außer der, dass ich zu faul bin, um an den Computer zu gehen und zu schreiben. Ich kümmere mich heute mal ausgiebig um meine

Tiere. ... Bitte nicht böse sein. Ich wünsche euch allen einen schönen Sonntag.

ich komme gerade aus der Stadt, war zur Trauertherapie und beim Optiker, beides war eine große Sch....

Bei der Trauertherapie komme ich immer wie gerädert wieder raus, mit 500 vollgeheulten Taschentüchern und beim Optiker dachte ich nur an Martina, weil sie da erst kurz vor ihrem Tod eine neue Brille erhalten hat.

Ich bin erledigt heute...und hab absolut keinen Bock, heute noch zu schreiben...

Morgen geht es weiter...mir geht es total besch....

Mal wieder kann ich nicht schlafen und liege ich hier und kann es nicht begriffen, dass sie nicht mehr da ist. Ich schaue Martina's Bild an, dass direkt vor mir hängt und spreche mit ihr. .. ich erzähle ihr von euch und eure unermüdliche Hilfe bei meiner Trauer.

Ich weiß, sie würde euch mögen und wünsche mir, dass sie an meiner Stelle mit euch sprechen würde.

Der Tag gestern hat mich wieder so

fertig gemacht und meine Schmerzen, körperlich wie seelisch, sind fast unerträglich und ich wünsche mir, diese Welt endlich verlassen zu können.

Sie schaut mich mit ihren liebevollen Augen an, als wolle sie mir sagen, ich bin doch bei dir, lass dich doch nicht so hängen. Noch ist deine Zeit nicht gekommen...
...und ich spüre ihre Liebe. ..und weiß, sie wartet auf mich.

...und ich weine...

Hallo,

hier ist Rebecca, ich soll Ihnen von meinem Vater viele Grüße ausrichten, es geht ihm garnicht gut. Unser Hausarzt mußte ihm eine Spritze geben und jetzt schläft er.

Da er diese Seite aber sehr ernst nimmt,

wird er, wie ich ihn kenne, schon bald wieder vor seinem Computer sitzen und euch mit unseren Schandtaten erfreuen. Ich wünsche Ihnen allen einen schönen Abend.

Hallo ihr Lieben, mir geht es immer noch nicht so gut, dass ich schon wieder aufstehen und längere Zeit sitzen dürfte. Also schreibe ich euch ein paar kurze Worte übers Handy. Ich verspreche euch, das ich das hier beenden werde, egal wie und wie lange es auch dauern wird., denn es ist mir mittlerweile ans Herz gewachsen.

jetzt geht es weiter und wenn ich umfalle...

Wir erreichten also unser Hotel und waren etwas versöhnt. Ein Funken Luxus gab es doch dann schließlich auch. Ein schöner Pool, die Zimmer ausreichend groß und was verwunderlich war, es war tatsächlich rollstuhlgerecht.

**Die Kinder gingen sofort auf Tour und erforschten ihre neue Umgebung.
Und was passierte? Schon am selben Abend hatte sich unsere Familie vergrößert. Rebecca kam mit einem schwarzen fauchenden etwas wieder, es war wie es sich später herausstellte...ein Shongololo. Ein riesiger Tausendfüssler, der bei Bedarf auch einen übelriechende Spur hinterliess, vor allem AUF Rebecca...**

Und Jennifer? Auch sie fand einen

neuen Spielgefährten, ein kleines Chamäleon. Sie vergnügte sich damit, den Kleinen auf alle möglichen farbigen Untergründe zu setzen.

Der arme wusste vor lauter Wechselei nicht mehr in welche Farbe er sich nun eigentlich verwandeln sollte und gab genervt auf...als Regenbogen...Er plusterte sich auf und blieb beleidigt in einer Ecke sitzen.

Ich hoffte inständig, dass die zwei nicht auch noch ein Giftschlange anbringen würden, denn das war die immer drohende Gefahr...auch für unsere Hunde.

...und Schlangen gab es massenhaft, doch davon später mehr.

Nun ja lange Rede, kurzer Sinn, die beiden sahen abends selber aus wie Shongololo und Chamäleon...und rochen auch dementsprechend.

Aber Dusche, Wasser und Seife gab es hier ja schließlich auch, so dass wir sie zum Abendessen wieder vorzeigbar präsentieren konnten.

Martina holte ihre Staffelei und fing an zu malen. Motive gab es genug. Swaziland hat eine herrliche Landschaft, bestehend aus dem Highveld, wo auch

die Hauptstadt Mbabane beheimatet war und das Lowveld, welches sehr heiß und trocken ist.
Auch das soziale Gefälle unterstrich diese Klimagrenze. Die Reichen, damit ist die königliche Familie gemeint, wohnen im Highveld und die Armut im Lowveld.

Die Swazis und ihre Vettern, die Zulus praktizieren die Vielehe, d.h. ein Mann kann sich soviele Frauen nehmen, wie er ernähren kann.

Der alte König, King Sobuza, hatte 60 Frauen und geschätzte 600 Kinder, und der neue König, King Maswati, kommt jetzt auch schon auf 23 Frauen, wobei die Kinderzahl unbekannt ist...noch.

Alle mit Nachnamen Dlamini sind Mitglieder der Royal Family, und genießen mehr oder weniger Privilegien, die der normale Swazi nicht hat.
Aber auch davon später mehr...

14 Tage lebten wir im Hotel, diesmal musste ich nicht sofort arbeiten. Wir hatten also Zeit Land und Leute ausgiebig kennenzulernen. Wir waren beeindruckt von der Freundlichkeit und Gastfreundschaft der Swazis....

Die PR Managerin des Hotels, Princess

Thambi, war uns eine große Hilfe bei allen Behördenfragen, Anträge mussten gestellt werden, Schulen mussten besucht werden, Strom, Wasser Telefon wurden angemeldet. Führerscheine mussten umgeschrieben werden..., Waffenscheine für uns beide wurden beantragt. Alles ging wie geschmiert... im wahrsten Sinne des Wortes...*gg*

Ich wurde bei der hiesigen FA vorstellig und wurde mit größtem Wohlwollen in die Riege der Premier League Schiedsrichter aufgenommen.

Eine Maid, einen Gardenboy/Driver, eine Nanny wurde gesucht.
Bei der dortigen Arbeitslosenquote von 40 % eine wahre Castingshow...DSDS für Arme...

Allerdings, die traurige Wahrheit, die HIV Rate lag in schwindelerregenden Höhen von sage und schreibe 42 %.

Und...was wir damals noch nicht realisierten...30 % der Bevölkerung lebte von unter einem Dollar pro Tag, während die königliche Sippschaft sich die Taschen füllte.

Aber auch davon später mehr.

So kam dann die Zeit, als wir in unser Haus nach Sidwashini umzogen...

Allen meinen Freunden wünsche ich Frohe Ostern, dass erste ohne Martina, und wünsche mir, das ich bald wieder soweit auf dem Damm bin, dass ich an unserer Geschichte zügig weiterschreiben kann.

Es geht jetzt auf den Endspurt zu und da werden die Geschichten nicht immer fröhlich sein.

Aber auch dies gehört zu unserem Leben und wird genauso behandelt wie die schönen Episoden.

Bis bald ihr Lieben. ..

heute ist mein letzter fauler Tag liebe Freunde, dann werde ich wieder aktiv ins Geschehen eingreifen...

hab mich gut erholt und es geht mir besser und besser...hat aber auch seinen Grund, den möchte ich aber noch nicht verraten...

jedenfalls ist mein Lebensmut wieder zurückgekehrt, oder sagen wir fast...

Noch was...ihr alle, ihr habt bewirkt, das ich meinen Lebensmut nicht vollständig verloren habe, obwohl es knapp davor war...
Ich dachte nicht, dass man im Internet so viele Freunde kennenlernen kann aber ich habe mich sehr gerne eines Besseren belehren lassen...

Danke ihr Lieben!!!

bis morgen meine lieben Freunde, habt noch einen schönen Restfeiertag...

so, da bin ich wieder...

ich muss euch gestehen, dass ich mich auch etwas gedrückt habe, weil Swaziland das bisher zweitschrecklichste Erlebnis in meinem Leben war.
Aber es muss ja sein, da es zu unserem Leben gehört.

Aber es gab auch schöne Zeiten.

Wir zogen um, die schöne Hotelzeit war vorbei und nun hieß es wieder einen Alltag aufzubauen, selbst hier wollten wir unseren Lebensstandard nicht vermissen.

Wir waren immer noch ein wenig erschrocken ob es nun die Straßen, die

Geschäfte, die Autos, der Zustand der Häuser oder auf die Lebensbedingungen der Menschen dort, waren...

Es war der erste wirklich längere Aufenthalt in einem dritte Welt Land und das muss auch erst mal verarbeitet werden.

Das andere Problem war die allgegenwärtige Korruption, jeder war bestechlich und man MUSSTE sich anpassen, sonst konnte man in diesem Land keinen Fuß auf die Erde bekommen. Dem aufrechten Germanen, wie ich einer war, sind solche Zustände fremd, aber der Afrikaner, auch die Weißen, leben halt damit...

Bei einer Arbeitslosenrate von über 40 % kann man sich unschwer vorstellen, was passiert, wenn man Jobs zu vergeben hatte.

Ein DSDS Casting ist ein Sch.. dagegen...

Wir suchten eine Haushälterin, eine Nanny und einen Gartenboy/Fahrer. 6 Tage Woche, 9 Stunden Tag, bei einem für unsere Verhältnisse, miserablen Gehalt von 1000 Rand im Monat, damals war der Umrechnungskurs noch 1 zu 10.

Das sind die üblichen Stellen, die gutsituierte Familien zu vergeben

haben.
Ich wollte mehr zahlen wie die üblichen Löhne, es wurde mir dringend davon abgeraten, ich solle bitte nicht die "Preise" verderben. Dennoch zahlte ich mehr, mit der Ausrede, das meine Frau ja auch versorgt werden müsste und ich daher die "Maid" besser ausbilden, folglicherweise auch höher bezahlen müsste.

Martina sträubte sich zuerst vehement dagegen, sie sagte..und was soll ich dann den ganzen Tag machen. Nun ja...die weißen Familien hatten ihren Country Club, dessen Beiträge so hoch waren, das normale Swazis ihn sich nicht leisten konnten, so wurde die Apartheid halt übers Geld durchgesetzt.

Martina war bald gerngesehener Gast in diesen Kreisen und wir lernten eine menge prominenter Swazis kennen.

In dieser Zeit fuhr ich jeden Tag ins benachbarte Südafrika, zu meiner neue Arbeitsstelle. Ich war dort als Geschäftsführer eingestellt und hatte eine menge Arbeit.

Allerdings war der Druck wesentlich geringer, so dass mir doch viel mehr Zeit für Martina und die Kinder blieb.

Nadja, wie ihr wisst, blieb ja zurück in

Deutschland und sollte erst ein Jahr später nachkommen, aber das wussten wir zum damaligen Zeitpunkt noch nicht.

Dann eines Morgens konnte Martina nicht mehr aufstehen, sie klagte über schlimme Rückenschmerzen. Ich rief unseren Hausarzt an, übrigens in ganz Swaziland gab es nur zwei weiße Ärzte.

Vom staatlichen Krankenhaus wurde uns dringend abgeraten, es sollte sich später herausstellen, wie recht man hatte.

Dr. S. kam auch sofort und stellte nach einer Röntgenaufnahme fest, dass Martina eine hochgradige Skoliose hatte, Folgen ihres Unfalles von 1976...und natürlich auch wegen ihrer zahlreichen Schwangerschaften.

Die Skoliose war aber so weit fortgeschritten, das ich Martina nach Südafrika flog und sie dort ins Kingsbridge Hospital, zu einem renommierten Orthopäden, Dr. DuP. brachte.

Dr. DuP. war damals der Arzt der südafrikanischen Rugby-Nationalmannschaft, die im Jahr zuvor Weltmeister geworden ist.

Der riet uns zu einer sofortigen OP. Nun gibt man in Südafrika nicht sein Kärtchen ab und alles ist gut, nein die OP sollte, alles in allem, weit über 150.000 Rand Kosten, für dortige Verhältnisse, eine Wahnsinnssumme. Und... bevor auch nur ein Arzt einen Finger rührt, muss zuerst ein Deposit bezahlt werden. Ich stellte einen Scheck aus und lies mein armes Mädchen, in einem fremden Krankenhaus, in einem fremden Land, weit weg von zu Hause, zunächst mal allein zurück. Es tat mir weh, sie so liegen zu sehen, und damals kam mir schon der Gedanke, was würde ich tun, wenn sie heute mal nicht mehr da wäre.

Aber der Arzt schien mir sehr kompetent zu sein, er sagte, falls sie bei der OP dabei sein wollen, ist das gar kein Problem. Ich dachte an Deutschland und sagte insgeheim zu mir, da sollten sich unsere mal eine Scheibe davon abschneiden. Auch waren die Zimmer ausgestattet wie Hotelzimmer, von Krankenhaus-Atmosphäre keine Spur.

Die OP sollte dann in 3 Tagen stattfinden, es sollte eine Spinalfusion über 6 Wirbel gemacht werden. Dabei sollten 2 Längsstangen und 9 Schrauben implantiert werden.

Am Morgen des dritten Tages nun, klingelte das Telefon. Herr Lauer, wir werden um 10.00 Uhr operieren. Uff, bis Johannesburg sind es 500 km, die Grenze in Swaziland öffnete erst um 7 Uhr, es war mir fast klar, dass ich diesen Termin niemals schaffen würde, denn ein Flugzeug zum Leihen, stand so schnell auch nicht zur Verfügung.

Ich sprang ins Auto, die Kinder waren bei meinen Angestellten sehr gut aufgehoben, und raste los. In Swaziland und Südafrika gibt es eine Maximalgeschwindigkeit auf der Autobahn von 120, außerorts 90 und ich fuhr damals einen BMW M3. Die ersten 100 km waren Landstraße, da gab es keine Kontrollen, aber in Südafrika auf der Autobahn fuhr ich prompt in eine Radarfalle...mit 220 Sachen...

Nun ist das nicht so locker wie in Deutschland, da darf man nach der Anzeige ja weiterfahren. Nicht so in Südafrika. Ich erklärte dem Polizeibeamten meine Situation, allerdings schon in Handschellen!!!

Aber ich hatte das unwahrscheinliche Glück, auf einen Beamten zu treffen, der ein großes Herz und große Taschen hatte...Er rief über seine Station im

Krankenhaus meiner Frau an und erkundigte sich. Als er hörte, dass es tatsächlich eine Martina Lauer gab, die gerade operiert wurde und als etliche Scheine den Besitzer gewechselt hatten, durfte ich weiterfahren...Ich bekam sogar noch kostenlos einen Tipp. In etwa 150 km Entfernung steht heute auch einen Radarfalle, passen sie auf... Ich werde die aber per Funk schon mal vorwarnen, sagte der Beamte...

Gott segne die Korruption !!! dachte ich...
Tatsächlich, in 150 km gab es die nächste Radarfalle, aber die Beamten winkten mir nur fröhlich zu...

Und ich hatte 500 km in 3 Stunden geschafft...

mit oder ohne Bart..was denkt Ihr!!!

Es ist doch garnicht so selten...

...aber ich kam an und das in einem

Stück.

Als ich das Krankenhaus betrat, war nicht alles steril und weis, es war wie die Rezeption eines Grandhotels.
Die Zimmer waren, wie ich gestern schon sagte, mehr Hotelzimmer, als Krankenzimmer. Falls Geräte gebraucht werden, wurden diese gebracht und angeschlossen.

Martina war zu diesem Zeitpunkt schon im OP. Eine Krankenschwester brachte mir sterile Kleidung und wollte mich beim richtigen Gebrauch unterweisen. Aber das kannte ich ja alles schon...

Im OP wies man mir einen Platz zu, direkt am Kopf meine Liebsten und ich schaute auf mein Mädchen. Sie lag auf dem Bauch und schlief bereits. Ich nahm ihre Hand und hatte auf einmal fürchterliche Angst um sie...
Gedanken rasten damals durch meinen Kopf und ich schüttelte sie ab. Nein, sie wird hier nicht sterben, nicht hier und nicht heute.

Die OP dauerte 6,5 Stunden, ich bewunderte den Chirurgen, der in einer Haltung aushielt, die Rückenschmerzen versprach, aber keinen Moment auch nur ein Zeichen von Schwäche zeigte.

Es war eine Knochenarbeit, im wahrsten

Sinne des Wortes. Ich habe nicht gedacht, wieviele Handwerkszeuge ein Orthopäde doch so braucht. Bohrer, Hammer, Meissel...ich kam mir vor wie auf dem Bau.

Dann war es vorbei. Martina wurde noch ein letztes Mal unters Röntgen geschoben um den guten Sitz der Implantate zu kontrollieren, aber es schien, als ob auch Dr. DuP. zufrieden mit seiner Arbeit war.
Sie bekam schon während der OP Blutkonserven, das nahm ich beiläufig am Rande so mit.

Dann weckten sie sie auf und sie sah mich an....ist es schon vorbei? fragten ihre Augen...ich küsste sie und sagte, du hast es überstanden.
Sie kam in den Aufwachraum und von da zurück in ihr Zimmer und für mich war Zeit wieder nach Swaziland zurückzufahren.
Sie war sowieso nicht ansprechbar und sollte auch noch ein ganze Weile schlafen, da sie sehr starke Schmerzmittel bekam.

Nach einer Stunde an ihrem Bett fuhr ich dann wieder zurück. Diesmal aber gesittet und weitesgehend hielt ich mich an die Geschwindigkeitsbegrenzung.
Ich erreichte die Grenze kurz vor 22.00

Uhr, gerade noch rechtzeitig, bevor die Grenze über die Nacht wieder geschlossen wurde.

Zu Hause wurde ich natürlich von meiner Rasselbande bestürmt, alle wollten wissen , wie es Mom oder Madam ging.

Am nächsten Morgen fuhr ich dann wieder los, in Richtung Johannesburg. Dort angekommen, schaute ich in das Zimmer meiner Frau...das Bett war leer!!!!

Eine Schwester kam und sagte mir, dass man meine Frau in der Frühe auf die Intensivstation verlegen musste. Ich rannte los und machte mir allergrößte Vorwürfe, weil ich sie alleine gelassen hatte.

Dann lag sie vor mir....ein Chinese wäre vor Neid erblasst...
sie war gelb wie eine reife Zitrone...aber sie lächelte mich an und ich nahm sie in meine Arme.

Inzwischen kam auch der Arzt und sagte mir, was los gewesen ist.

Nicht wie hier in Deutschland, wo

Krankenschwestern Todesnachrichten überbringen und Chefärzte sich verleugnen lassen....dazu beim letzten Kapitel meiner Seite mehr...

Ein Fehler des Labors bewirkte, das man Martina falsche Blutkonserven gegeben hatte, also die falsche Blutgruppe.

Eine Hepatitis, heftiges Fieber waren die Folge, die Abwehrkräfte des Körpers wehrten sich natürlich gegen den "Feind" der so plötzlich in den Körper eingebrochen war. Eine Blutwäsche wurde gemacht und neue, diesmal richtige Konserven wurden ihr verabreicht, dies verlängerte ihren Aufenthalt natürlich.

Sie war wach und fühlte sich aber trotzdem recht wohl...ihr war nur heiß, aber das war wohl eher die Folge des Kampfes, der sich derzeit in ihrem Körper abspielte.

Ich blieb selbstverständlich die nächsten Tage vor Ort, bis aus meiner kleinen Zitrone wieder ein rosiges Martinchen wurde. Krankengymnastik, liebevolle Pflege und sehr gutes Essen brachte sie aber bald wieder auf den Damm und so konnte ich sie, anstatt nach 2 Wochen, erst nach Dreien wieder mit nach Hause nehmen.

Leider war der Erfolg der OP nur von kurzer Dauer, denn 2 Jahre danach fingen ihre Rückenschmerzen wieder an und quälten sie dann bis zu Ihrem Tod.

so liebe Freunde, ich war seit heute 10.00 Uhr in meinem Lieblingstatooshop und habe mich verschönern lassen

Martina brauchte ein Touchup und mein linker Arm war noch etwas nackt...*ggg*

Dem hab ich heute abgeholfen...*ggg*

Allerdings fehlt mir jetzt die Kraft, noch weiterhin zu sitzen, deswegen werde ich heute nichts mehr schreiben...

Aber morgen wieder...

Ihr Lieben, ganz viele Grüße aus Twistetal

...ein alter kranker König, dessen Königin vor nicht allzu langer Zeit ins Märchenreich heimgeholt wurde.
Nun wurde der alte König sehr einsam und verfiel in tiefer Trauer.

Er spielte nun jeden Tag ein Spiel mit vielen Spielern in seinem Königreich...

Eines Tages, er hatte gerade wieder mal gewonnen und das Spiel begann langweilig zu werden, fand er eine Nachricht....

so, nun Schluss mit dem Scheiss....

ich fand also diese besagte Nachricht im Quizduell Chat...

" Du bist aber eine Intelligenzbestie, du weißt ja alles...."

Geschmeichelt schrieb ich zurück, "ich habe ja auch genug Zeit, sitze den ganzen Tag hier herum und weiß nicht, was sonst mit meiner Zeit anzufangen".

So ging es eine Weile hin und her. Und auf einmal schrieb sie ihre Handynummer auf und fragte ob wir nicht in WhatsApp weiter schreiben könnten. Das bedeutete, dass ich ihr auch meine Nummer werde geben müssen. Aber was solls, dachte ich...

So ging es dann am ersten Tag hin und her, wir schrieben uns Nettigkeiten, für viel mehr stand mir einfach nicht der Sinn.

Ihr Spielername war Tina...und daher

war meine erste Frage, wie sie heißt und sie sagte....Martina.

Ich fiel erstmal aus allen Wolken, wie ihr euch ja vorstellen könnt.

Dann schickte sie mir ein Bild von sich, das war das zweite Mal, dass ich aus allen Wolken fiel...klein, zierlich, blonde lange Haare....., aber sehr jung...35 Jahre sei sie alt...KHK beim LKA Stuttgart sei sie...getrennt lebend, ihr Mann hätte sie verlassen, da sie keine Kinder bekommen könnte...

...und ich hatte Mitleid....

ich schickte ihr ein Bild von mir, ihr kennt es,....und zum Abschied am ersten Tag schrieb sie mir, dass sie auf ältere Männer stehe, mit jungen Männern könnte sie nichts anfangen.

Autsch, das saß....in dieser Nacht hatten meine Gedanken Großkampftag. Ich konnte mir einfach nicht vorstellen, was so eine junge hübsche Frau von einem alten kranken trauernden Mann erwartete.
Ich nahm mir fest vor, ihr diese Frage am nächsten Tag zu stellen.

An Karfreitag dann, ging die Post ab, schon um 6.30 Uhr fand ich die erste

Nachricht von ihr vor...Gottseidank war meine Tochter zu Hause und ich nahm sie beiseite und fing an rumzudrucksen...
Ähhh sag mal, was meinst du dazu...

Aber die Reaktion war ganz anders als ich das erwartet hatte...
Sie sagte, Mama wird bestimmt nicht wollen, dass du ganz alleine und ständig traurig bist, wenn es dir gut tut... aber ich will nicht dass sie dir weh tut...
...und genau das, schrieb sie ihr auch...Tina wusste ja mittlerweile, dass ich mit meiner Tochter zusammenlebte, kurzum sie kannte meine Geschichte im Ganzen, alles was mir passiert war in Afrika habe ich ihr erzählt, denn mittlerweile hatten wir auch schon telefoniert.

Ihre Reaktion war heftig, sie schimpfte kräftig mit mir, ich sei kein alter Mann, sie finde mich sehr sexy!!!???....und sie könnte nicht voraussehen, in wen sie sich verliebt...!!!???

OOOmpf....ich schaute zur Sicherheit nochmal in den Spiegel, meint die wirklich mich, hatte ich nicht doch aus Versehen ein Bild von Clooney geschickt? Nein das Bild zeigte einen ganz normalen älteren Mann im Rollstuhl....

Aber ihr kennt ja die Männer, ich fühlte mich geschmeichelt. Sollte ich tatsächlich noch einmal zumindest eine Freundin finden, eine Freundin, die mich so nimmt wie ich bin?

Nun ja, so ging das dann bis Wochenmitte weiter, wir schrieben uns, wir telefonierten, bis sie am Dienstag sagte, sie wolle mich am Freitag besuchen.!!!

Hurra, dachte ich, sie scheint es tatsächlich erst zu meinen...denn meine Bedenken waren immer noch in meinem Hinterkopf, wenn ich sie auch nicht so gerne mehr auspackte.

Mittlerweile änderte sich auch mein Leben..ich fing an, wieder rauszugehen, einkaufen, mich zurechtzumachen und...ich saß den ganzen Tag im Rollstuhl, ohne auch nur einmal ins Bett zu gehen.

Sie tat mir gut. Das stellte auch bald mein gesamtes Umfeld fest und ich fing an engen Freunden davon zu erzählen. Erinnert euch, auch hier hatte ich schon Andeutungen gemacht.

Die Reaktionen waren alle positiv, jeder ermunterte mich...und ich...wollte mich wirklich darauf einlassen.

In diesen Nächten sprach ich viel mit meinem Frauchen...und es schien mir, als ob sie nicht böse sei, über das was mir da gerade passiert.

Also lies ich es zu...

Aber es ist noch nicht zu Ende...Es kam der Freitag...sie wollte um 16.00 Uhr losfahren und gegen 19.00 Uhr bei uns sein.

Um 15.45 saß auf einmal ein kleines Teufelchen in meinem Ohr...
...wenn es alles Fake war, kommt gleich eine Nachricht, dass irgendwas passiert wäre...flüsterte das kleine Teufelchen...
Aber nein, bestimmt nicht, wehrte ich mich...

Um 15.49 kam eine Message, "du, ich liege im Krankenhaus und die haben eine Schwangerschaft festgestellt....ich muss im Krankenhaus bleiben, darf nicht aufstehen, bitte sei nicht böse, aber ich kann nicht kommen".

tja, Freunde, das kleine Teufelchen hatte recht gehabt....aber ich spielte das Spiel noch ein bisschen mit. Mittlerweile war auch Rebecca zu Hause und war natürlich sehr aufgebracht....

Ich bat sie, es mir zu überlassen, aber dennoch fiel es mir schwer...denn ich

hatte mich an diese Situation gewöhnt...ich fühlte mich wohl und vor allem...da war wieder jemand, ich war nicht mehr alleine...dachte ich jedenfalls...nun ja, ich hatte 6 schöne Tage...

Warum tut jemand sowas, sie kannte doch meine Lage, meine Trauer, meinen Zustand...brachte ihr das einen Kick?

Nun ja, das Ende kam schnell, aber durch ihre Dummheit. Nach einem Telefongespräch vergaß sie aufzulegen und ich konnte ihr wahres Leben 20 Minuten lang life verfolgen...Küsse, die sie mit einem Mann austauschte, wie sie sich lustig machte über den Trottel... Nun ja, ich möchte hier nicht alles ausbreiten, was da über WhatsApp und das Handy diese Tage so gesprochen wurde, an sehr viele Lügen ihrerseits kann ich mich sowieso nicht mehr erinnern. Heute weiß ich nicht, was überhaupt wahr war und was nicht. Jedenfalls hatten wir zusammen über 2000 Messages geschrieben, viel telefoniert, und alles war gelogen. Namen und Bilder werde ich nicht veröffentlichen...

aber teilt meine Geschichte, denn ich denke mal, dass ich nicht das erste und auch nicht das letzte Opfer war.

Meine letzte Message an sie war:

Ich habe euch gehört
Warum hast du das getan?
oder besser, was hab ich dir getan...?

seither kam keine Antwort mehr...

Liebe Freunde, alles was ich wollte, war eigentlich mich wohlfühlen, solang wie es dauert...nur ein bisschen Glück...seid mir bitte nicht böse...

nach dieser unrühmlichen Episode kehren wir heute wieder zu dem zurück, wofür ich diese Seite gestartet habe....Martina, meine wunderbare Frau...

1996 feierten wir erst meinen und dann Martinas 40igsten Geburtstag. Ungewohnt, denn normalerweise hatte Martina im Winter Geburtstag und ich im Sommer, in diesen Breiten war es aber umgekehrt...

Auch Weihnachten war im Hochsommer, die Kerzen brauchten wir gar nicht erst anzuzünden, die schmolzen schon vorher. Und wir verbrachten Weihnachten am Pool....der arme Weihnachtsmann schwitzte sich zu Tode, als er bei uns aufschlug....

....Nadja kommt zurück.

Diese Nachricht erhielten wir im Juli 1997. Sie hatte ihren damaligen Freund verlassen und lebte derzeit bei meiner Schwiegermutter, die uns im September 1997 besuchen kam und Nadja gleich mitbrachte.

Dann waren wir endlich wieder vollständig und wie vollständig sollten wir dann bald erfahren.

In der Zwischenzeit hatte ich meinen Job in Südafrika beendet und kaufte in Swaziland eine kleine Firma, A.R. Edwards Pty.Ltd., die ich dann ausbaute als erstes IT Unternehmen in Swaziland.

Die Auftragslage war fantastisch. Konkurrenzlos zu sein, ist das Beste, was einem Jungunternehmer wie mir passieren konnte.

Außerdem hatte ich wesentlich mehr Zeit für die Familie, denn meine Büroräume waren direkt neben meinem Haus. Wir besuchten die lokalen Naturparks, wie Hlane und Mlilwane, die immer abgesperrte Grillareale zur Verfügung stellten. und den Erwachsenen und Kindern viel Spaß brachten.

Allerdings hatten selbst diese Areale

ihre Tücken, den z.B. Schlangen, Spinnen, etc., scheren sich nicht um Zäune.
Und Schlangen aller Art gab es reichlich. Eine hochgiftige Baumschlange beglückte uns, indem sie sich direkt in unseren Bereich fallen ließ. Hysterisches Geschrei war die Folge, denn nichts ist so verhasst in Afrika, wie Schlangen.

Für mich unverständlich, wusste ich doch, das die meisten Todesfälle durch Tiere in Afrika durch Nilpferde, Krokodile, Leoparden, Löwen und dann erst Schlangen, ausgelöst werden.

Ich packte also das Tierchen, das bereits in Panik war und verfrachtete es in den nächsten Baum.

Ich töte keine Schlangen, einmal blieb mir aber nichts anderes übrig. In unserem Garten entdeckte ich ein Nest mit 7 Spitting Cobras, eine der aggressivsten Schlangen der Welt. Diese Schlangen beißen nicht nur, sie verspritzen auch ein Gift derart zielsicher, das das Opfer in den meisten Fällen erblindet.

Und schweren Herzens, auch um unsere Haustiere zu schützen, verbrannte ich das Nest, den schon die Kleinen sind genauso giftig und aggressiv wie ihre Eltern.

Wir freundeten uns mit einem gleichaltrigen südafrikanischen Ehepaar Jacobus und Marielle A. mit ebenfalls 3 Kindern an. Er sollte später der neue Chief Justice vom Highcourt Swaziland werden.

Mit ihm veranstaltete ich einen Männerausflug zum Strand von Sodwana Bay, einem Naturschutzpark am Pazifik, direkt an der Grenze zu Mozambik. In einem vorgezeichneten Zeltplatz schlugen wir unsere Bleibe auf und hatten jede Menge Spaß. Tauchen mit und ohne Apparate, fischen, Unterwasserjagd, alles was ein Männerherz begehrte...

Abends am Lagerfeuer den Sonnenuntergang bestaunen...zu Essen, was das Meer hergab...(psscht...was der Supermarkt verkaufte...*ggg*)...leider ging diese Zeit viel zu schnell vorbei.

1997 wurde mir eine Ehre zu Teil, welche bisher nur 2 anderen Weißen zu teil geworden ist.

Aufgrund meiner Verdienste um den Swazi-Fussball wurde ich vom König in sein traditionelles Regiment berufen und bekam einen neuen

Namen...Celemasiko...hieß ich nun, das bedeutet "Mann der die Kultur liebt".

Das Regiment hieß Balondoloza und ich war ein Emabutfo, ein Krieger...
In einer prachtvollen Zeremonie wurde ich zuerst eingekleidet, musste dem König in einem löchrigen Eimer Wasser am Fluss (Krokodile !!!) holen, (das war die Aufnahmeprüfung) und "durfte" dann zwei Tage und Nächte im königlichen Kraal verbringen, auf dem nackten Boden...

...ein Rind wurde geschlachtet und wir leisteten unseren Schwur, dem König zu dienen und Swaziland mit unserem Leben verteidigen.
Wir Neuen mussten dann das essen, was uns die dienstälteren Krieger übrigließen...Umpf....ich werde nicht weitererzählen, denn das Fleisch hing nicht etwa in einem sterilen Gefrierschrank, nein es hing...am Baum. Und mit uns freuten sich auch Milliarden von Fliegen...aber immerhin als Neuling, saß ich nah am Kraalzaun und die Fleischstücke verschwanden hinter meinem Rücken...

Aber dies war Gold wert für mein Geschäft...ich war Emabutfo, meine Jüngste wurde nun zum Kindergeburtstag ihres Mitschülers, des

Prinzen und Thronfolgers von Swaziland, eingeladen.

Welch ein Kontrast, auf dem Weg zum Palast fuhren wir an kleinen Dörfern vorbei...mit Mudhats (Lehmhütten) und nackten Kindern... und dann direkt daneben der ganze Prunk eines Königspalastes...

Nadja und meine Schwiegermutter waren zwischenzeitlich angekommen und die Lauers waren wieder komplett!! Hurra!!

Die Jahre 1996 - 1998 waren die schönste Zeit in Swaziland, alles lief nach Wunsch, meine Firma florierte, ich wurde nominiert für die WM 1998 in Frankreich...was sollte uns noch passieren.....

Wir befanden uns ganz oben...

Nun ja...aber erst wollen wir 1998 noch abhandeln, aber erst morgen...

heute werde ich noch ein bisschen über das Jahr 1998 berichten.

Wie ihr wisst, kam Nadja mit der Schwiegermutter nach Swaziland, um bei uns zu bleiben.

Martina und ich waren natürlich glücklich, unsere drei wieder zusammen bei uns zu haben.

Allerdings war Nadja schon 20 und die Möglichkeiten einer Arbeits- oder Lehrstelle in Swaziland waren extrem dünn gesät.

Aber mit der Zeit kristallisierte sich da ein junger Mann heraus, mit dem Nadja immer öfter begann auszugehen.

Paul hieß er, war Schotte, aber in Tansania geboren, also ein Afrikaner, aber trotzdem durch und durch ein stolzer Schotte.

Ihr kennt ja den Witz mit den Schotten, oder?

Was ist der Unterschied zwischen Schotten und Terroristen?
Die Terroristen haben wenigstens Sympathisanten....

Hahaha, kam aber nicht gut...bei Nadja...und das bedeutet? Sie mochte ihn...sehr..., was sie uns auch bald mitteilte...Ein Enkel war nämlich auf dem Weg unsere kleine Familie zu vergrößern....???!!!!

Halt mal, hatten wir nicht gerade beide unseren 40igsten Geburtstag

gefeiert....?

....und jetzt Oma und Opa....NEEEEEIIIIIN!!!!

ich fühlte mich damals nicht wie ein Opa, genauso wenig wie heute...und wenn der kleine Robin, den gleichen Speed wie sein *würg* ...und seine Mutter, vorlegt, dann macht der mich auch noch zum Ur.....autsch...

NEEEEIIIIN!!!!!

Aber so weit sind wir gottseiDank noch nicht. Ich kaufte letztends die größte Pille, die ich finden konnte...(wiegt eine Tonne und wird vor die Schlafzimmertür gerollt....)...und schickte sie per Express nach Edinburg....

Vorher hatten wir aber noch Kai Pflaume, der uns aufsuchte und unser Leben in dieser Geheimhaltungszeit ganz schön durcheinander wirbelte.
Ich musste nach Frankfurt, den Song für Martina aufnehmen, außerdem stand da ab Juni noch die WM in Frankreich an.

Und ich...armer Wicht, musste meine Klappe halten, ihr glaubt gar nicht wie schwer das ist.
Vor allem, als wir 3 Tage vor Kais Erscheinen, "Nur die Liebe zählt" schauten und ich beiläufig in den Raum

warf... du Spatz, da melde ich uns auch einmal an......

Es wurde eiskalt im Zimmer, Blitze schlugen aus der Decke, ein Tornado riss mich aus dem Sessel....und eine sonst recht angenehme Stimme sagte eiskalt....wenn du das machst, lass ich mich scheiden....

Neeeeein Schatz, das würde ich doch nie machen...*arrrg*

Nadja schaute rein, ebenfalls kreidebleich, sie war ja die Einzigste die eingeweiht war. Och Mama, das wäre doch schön...
Ich geh aber nie ins Fernsehen, wenn er auch ziemlich schnuckelig aussieht...

Tja, am Mittwoch kam Kai Pflaume....und ich überlegte schon mal die Gütertrennung...

Was dann passierte, wisst ihr ja. Sie genoß es in vollen Zügen, und wir hatten wieder mal den gewissen Kick, der unsere Beziehung immer wieder schön und schöner werden lies....

Gesendet wurde erst im August, wenn ich mich recht erinnere, ich kam gerade aus Frankreich zurück.
Wir schauten es gemeinsam, es war so wunderschön, ich weine jedesmal, wenn

ich dieses Video anschaue...und das ist ziemlich oft...
Wir lagen uns in den Armen...und hatten einen sehr schönen Abend....einen sehr schönen...

Im Dezember dann kam unser Enkel, (ich mag dieses Wort nicht kann man nicht besser Kindeskind sagen?) zur Welt und eine glückliche Oma (*schüttel*), Mutter und Vater waren stolz wie Oskar...

...und ich hatte ab sofort Sex mit einer Oma!!!!

Weihnachten 1998 kam auch meine liebe Schwiegermutter wieder zu Besuch und wir verbrachten ein schönes und friedvolles Weihnachten....

Bis zum 04.01.1999....

Fortsetzung folgt..... dann aber erst ab 18!!!

ich melde mich spät heute, aber durch die Medikamente die ich erhalten habe, für die ganzen Untersuchungen, bin ich eben erst wieder wach geworden.
Ich war den ganzen Tag über in der Klinik und komme mit der niederschmetternden Nachricht zu euch, die OP ist unumgänglich, will ich überleben. ..
Andererseits bleibt das Narkoserisiko unverändert hoch zu meinem Nachteil.
ich bekomme heute einen OP-Termin, dann werde ich nochmal tief in mich gehen. ..

Ich bin wieder zu Hause, länger wie nötig bleibe ich in sowas nicht.

Ich versuche heute nochmals was zu schreiben, will ich euch doch nicht total enttäuschen...

Habt eine gute Nacht.
Bis heute...

hier sitzt ich nun, ich armer Wicht...und mach ein selten dummes Gsicht....

Ich grüble und denke und grüble. ..
Mache ich es richtig?

Auch der Test, welches Tier ich wäre, hat mich nicht wirklich vorgebracht. Ich teile es aber ganz gerne mit euch...

ich wäre ein...

Schwan

und das bedeutet....

Du bist ein richtiger Familienmensch und sehnst Dich danach , den einen wahren Partner fürs ganze Leben zu finden . Du bist ein überaus treue Seele, wünschst Dir viele Kinder und wenn es sich einrichten lässt , vielleicht noch ein Haus am See .

eigentlich schäme ich mich heute was zu schreiben, wegen dem Schrott den ich wohl gestern verzapft hatte. Aber ich war wohl nicht ganz im Vollbesitz meiner geistigen Kräfte.

Ich habe Schmerzmittel bekommen, die mich etwas außer Gefecht gesetzt hatten, wollte euch aber dennoch grüßen.

Während dessen muss ich eingeschlafen sein, aber dennoch gepostet haben, ach was weiß ich.....

Es geht mir soviel im Kopf herum, ich weiß nicht, ob ich das Richtige mache...

bitte entschuldigt..., mich und Martina so zu blamieren, stand mir nicht im

Sinn.

ich will schnell die Gelegenheit nutzen, meine Geschichten fortzuführen...heute geht es mir besser, ich kann wenigstens etwas sitzen, und bevor es wieder nicht mehr geht, oder auch nie mehr...
Ich denke aber mal, Rebecca wird die Seite dann beenden, sie ist groß genug und weiß ja was in dieser Zeit bis zum Schluß geschehen ist....

...nun ergreife ich die Gelegenheit beim Schopf und mache da weiter, wo wir das letzte Mal aufgehört haben.
Auch wenn ich dabei große Emotionen habe, gehört es doch zu unserem Leben, eines der dunkelsten Kapitel in unserem Leben....

Papa...können wir Eis haben? Du musst doch sowieso noch zur Tankstelle, schall es mir entgegen, als ich aus dem Büro kam. Auch meine Schwiegermutter und Martina schauten mich erwartungsvoll an, sodaß ich garnicht anders konnte. Also gut sagte ich, ich fahr halt noch mal hoch, was wollt ihr denn? Ich suchte die Eistasche, zog aber noch schnell die Krawatte und das Jacket aus und fuhr los...

...und sollte niemals wieder kommen...

...jedenfalls nicht so, wie mich meine Frau und meine Kinder in Erinnerung hatten....

jetzt wiederhole ich die Geschichte nochmal...für alle Freunde, die das noch nicht gelesen hatten...lest es aber nur, wenn ihr sicher seit, das ihr das auch verkraften könnt...

Ich fuhr in die Tankstelle, tankte zuerst und ging dann an den Schalter und verlangte 5 Eis. Ich packte es in meinen Kühlbeutel, den ich extra dabei hatte und wollte wieder in mein Auto steigen. Aus dem Schatten kam Selby, ein Bekannter von der Football Association of Swaziland, auf mich zu und sagte: "Kannst du mich ein Stück mitnehmen." Dies hatte ich schon öfter getan, daher war es keine Frage, das ich ihn einsteigen lies. Er stieg auf der Beifahrerseite ein und hatte zwischen seinen Knien eine Plastiktüte, der ich aber keinerlei Bedeutung zumaß. Ein Fehler, wie sich später herausstellen sollte.

Gerade als ich den Motor starten wollte, riss jemand an beiden Seiten die Türen auf, zog uns beide aus dem Wagen und schmiss uns auf den Boden und vor lauter Geschrei, dachte ich zuerst, mein Gott, ein Überfall. Dann sah ich uniformierte und Zivilpolizisten. Auf dem Boden liegend, trat mir jemand mit voller Wucht in die Genitalien, kniete sich auf meinem Rücken und legte mir Handschellen an. Noch immer wusste ich nicht, was los war..., mir wurde schlecht.

Ich wurde hochgezogen und in ein Polizeiauto gestoßen. Die Polizisten fuhren los, ich, immer noch völlig ahnungslos fragte ich die beiden Polizisten auf den Vordersitzen: "Whats going on?" Ich erhielt aber keine Antwort.

Auf der Polizeistation wurden wir beide in einen Raum geführt und dann brachte ein anderer Beamter Selby's Plastiktüte und kippte sie vor uns aus. Geld lag vor uns und zwar südafrikanische Rand, alles 200 Rand Noten, insgesamt wie sich später herausstellte fast 100.000 Rand. Nicht viel, 1 Euro = 10 Rand, zum damaligen Zeitpunkt.

Dies ist Falschgeld, sagte ein Polizist. Ich drehte mich zu Selby um und fragte ihn: "Was hast du da gemacht?" Selby sprach aufgeregt zu den Polizisten, allerdings in SisWati...Ich verstand nur wenig, glaubte aber heraushören zu können, das er den Beamten sagte, Mister Lauer hat damit nichts zu tun...

Ein Missverständnis, dachte ich damals noch hoffnungsfroh, aber spätestens, als man mich in eine Zelle brachte, schwand diese wieder.
Ein paar Minuten später brachte man mich im Auto zu meiner Wohnung, wo die Polizei dann alles auf den Kopf stellte.

Ich hatte die Chance, ein paar Worte mit Martina zu wechseln. Kurz erklärte ich ihr die Situation, aber viel wusste ich zum damaligen Zeitpunkt ja selbst noch nicht. Wieder zurück auf der Polizeistation sperrte man mich wieder in eine Zelle. Ein Raum von 20 qm, mit bereits 14 Personen belegt. Die Bedeutung eines Loches in der Mitte des Raumes war mir noch nicht klar...

An Schlafen war nicht zu denken, so dämmerte ich vor mich hin, bis dann morgens das "Frühstück" serviert bekam. Ein Blechnapf mit einer undefinierbaren weißen Pampe aber kein Löffel...

Es war Feiertag in Swasiland, daher konnte Martina keinen Rechtsanwalt oder sonst jemand erreichen. Am Abend dann holte man mich aus der Zelle und brachte mich in einen Raum, der mit Eierkartons tapeziert war...??? Man band mir mit Handschellen die Hände an einen Stuhl. Ein Mann in Zivil kam auf

mich zu. So, Herr Lauer, jetzt sagen sie mir mal, was sie mit dem Falschgeld wollten?
Ich schüttelte den Kopf, "das gehört mir doch gar nicht," sagte ich.
Der Mann, wie sich später herausstellte, ein Spezialist für besondere Vernehmungen, sagte zu mir, das ich nur eine Chance hätte hier wieder raus zukommen, wenn ich alles gestehen würde. "Aber was soll ich denn gestehen?

"Na ja, dass dieses Falschgeld von dir hergestellt worden ist."
Ich schrie fast..."nein, Selby hat es mit ins Auto gebracht, es ist nicht von mir!"
"Er hat ihnen doch gesagt, dass ich nichts damit zu tun habe."
Er zuckte mit den Schultern, "na gut, du hast es nicht anders gewollt..."

Ich war nie gut in Schmerzen ertragen, beim geringsten Anzeichen von Kopfschmerzen, schmiss ich sofort eine Tablette ein...

In den nächsten 4 Tagen brachte man mir bei, was Schmerzen sind. Mir wurde mehrmals ein Schlauch über Mund und Nase gezogen und erst als ich kurz vorm Ersticken war, löste man ihn wieder, das nannten die freundlichen Polizisten "Tubing". (Dieses wiederholte "Tubing" löste bei mir Blutungen im Gehirn aus,

welche dann am 17. und 21.2.1999 zwei Schlaganfälle auslösten, die unbehandelt blieben). Man schlug mir mit einem Vierkantholz auf die Schienbeine.

Was "Waterboarding" bedeutet, habe ich schon lange vor euch gewusst...sehr subtil, aber sehr wirksam...ich dachte, ich ertrinke... Die Schläge zwischendurch waren eine regelrechte Erholung. Es wurde aber immer peinlich genau darauf geachtet, das es keine Spuren im Gesicht hinterließ. Nur Martina, die mich besuchen durfte, sah an meinen blutunterlaufenen Augen, dass irgendwas mit mir nicht stimmte. Deutsch sprechen war aber verboten, so konnte ich niemand mein Martyrium mitteilen.
Die nächsten Tage verliefen in einem ähnlichen Rhythmus. Aber die Schweine, wie ich sie mittlerweile innerlich bezeichnete, fanden immer neue Spielchen, die sehr weh taten, oft bis zur Bewusstlosigkeit.

Ein Feuer im Wald, das nannte man "Braai" (Grillfest), man wurde mit den Füssen an einen Baum gehängt, und darunter war ein Feuer. Solange man noch Kraft hatte, konnte man den Flammen ausweichen, aber lange hielten die Kräfte meistens nicht vor.

"Pausen" gab es nur, wenn andere Gefangene "dran kamen". Mehr als einer kam nicht in die Zelle zurück...................

Spielchen mit Schusswaffen am Kopf und abdrücken, waren noch die harmloseren Sachen, obwohl ich mehrmals unter mich machte...

Der Höhepunkt kam, als ich am vierten Tag wieder mal geholt wurde.
Man zog mir die Hose herunter und Mr. David M. und Mr. Jomo M. zerquetschten mir mit einer Wasserpumpenzange den linken Hoden...(Der musste später entfernt und durch ein Implantat ersetzt werden).

Ein Geständnis habe ich nie abgegeben, trotz allem, denn ich war mir keinerlei Schuld bewusst.

Am 5. Tag wurde ich dann einem Richter vorgeführt, der mich ins Untersuchungsgefängnis überführen lies.

Das Martyrium war aber noch nicht zu Ende...Im Gefängnis, eine Halle gebaut für 30 Mann, Belegung war aber zum damaligen Zeitpunkt 94 Mann und ich der einzigste Weisse...

Was das bedeutete, sollte mir bald auf eine furchtbare Art und Weise klargemacht werden. Schon in der ersten Nacht wurde ich von 5 Insassen mehrfach vergewaltigt. Ich musste später mit 17 Stichen genäht werden.

Im Gefängnis bekam ich zwei Schlaganfälle, und obwohl Martina anbot, einen Arzt unserer Wahl zu bezahlen, wurde dies abgelehnt. Ich wurde ins Gefängniskrankenhaus überstellt und vegetierte bis zum Zeitpunkt meines Freispruches wegen erwiesener Unschuld, siebeneinhalb Monate im Gefängnis.

Der einzigste Halt in dieser Zeit, war meine Frau, die mich jeden Tag besuchte und mir Essen brachte, die mich nach dem zweiten Schlaganfall ohne Hilfe eines Arztes wiederbelebte, die Himmel und Hölle in Bewegung setzte, beim Auswärtigen Amt und der Botschaft, meine Kinder, die mich besuchten und dann auch traumatisiert wurden, als man mich in ihrem Beisein mit Schlagstöcken (damals war ich schon gelähmt) verprügelte.

Martina besorgte mir den besten Anwalt von Swaziland, der mich dann am 10.08.1999 aus dem Gefängnis frei bekam.

Ohne Martina, wäre ich in diesem Gefängnis gestorben!!!

ich wollte es nochmal bringen, weil ich es auch für mich schreibe...ich sitze hier und zittere. Ich fühle die Schmerzen fast körperlich und ich denke an

Martina, meine kleine Frau, die mich in dieser dunklen Zeit begleitet und gerettet hat und ihr habt es ihr zu verdanken, dass ich heute hier sitze und meine Geschichte schreiben konnte....

Ich vermisse sie sooooo sehr....

Heute ist Muttertag, der Tag an dem wir unseren Müttern und Frauen danken, was sie für uns getan, was sie für uns geopfert haben. Manche haben ihre Mütter noch, andere denken nicht an sie, oder haben sie ins Altersheim abgeschoben, aber der überwältigende Teil von uns, liebt seine Mutter und denkt daran, das es uns gar nicht gäbe

ohne sie....

**Martina war eine der Mütter, die überall Liebe und Freude verbreitet hat, egal wo sie auch wahr, die ihre Kinder und auch ihren Mann mit Zähnen und Klauen verteidigt hatte, die sogar ihr Leben für uns gegeben hätte.
Sie war stark und gut, sie war mutig und liebenswert, sie konnte zupacken und liebevoll sein, sie war halt die Frau, die sich jeder Mann wünschen würde und stolz darauf wäre, sie an seiner Seite gehabt zu haben...**

**Ich durfte sie 37 Jahre haben und es war ein Geschenk. Das größte Geschenk, das ich in meinem Leben je erhalten hatte. Sie hat mir 3 wunderschöne Kinder geschenkt und groß gezogen, sie war Freundin, Kameradin, Geliebte und Komplize, sie war ganz einfach meine Martina..., meine Frau...,mein Leben...
Ich weiß, dass meine Kinder um sie weinen und ich kann sie nicht trösten..., denn ich brauche selber Trost...ich würde alles, auch mein Leben geben, wenn sie dafür noch hier sein dürfte...**

Martina, liebe Mama, wir haben dich geliebt, wir lieben dich und werden dich immer lieben...

nicht nur ich, sondern auch meine Familie litt unter den Umständen...

....als ich im Gefängnis saß, hatte meine Familie schrecklich zu leiden....die Kinder wurden in der Schule schräg angeschaut, meine sogenannten Freunde zogen sich von uns zurück und von meinen Schiedsrichterkollegen kam nur einer, und besuchte mich im Gefängnis. Sport D. war ein treuer Freund, der sich nicht nur um mich kümmerte, als ich im Gefängnis saß, sondern auch versuchte meiner Familie über diese schlimme Zeit hinwegzuhelfen.

Ein Rechtsanwalt, den Martina engagiert hatte, zockte Martina ab, er verlangte 5000 Rand Vorschuss und als er diese hatte, kümmerte er sich nicht mehr um meinen Fall

Da beging ich, von allen verlassen, einen Selbstmordversuch.

Übrigens wurde ich wegen dieses Selbstmordversuchs angeklagt, allerdings wurde die Klage später fallengelassen...

Meine Konten wurden gesperrt und meine Frau wusste nicht, wie sie über die Runden kommen sollte.

"Staatsanwälte" kamen zuerst, um von meiner Frau Bestechungsgelder zu verlangen, als sie dies ablehnte, wurde ihr offen gedroht, dass, wenn sie die ausländische Presse oder das Auswärtige Amt einschalten würde, die Krokodile am Maguga Dam billiges Futter erhalten und sie mich nie wieder sehen würde.

Unser Haus war nicht mehr zu halten, so dass Martina keine andere Wahl hatte, als sich eine neue Bleibe zu kümmern.

Ich hatte Angst um meine Familie, denn während der "Verhöre" wurde mir oft genug gedroht, dass man ja auch meine Frau und Kinder als Mitwisser verhaften könne und dass sich niemand dafür interessieren würde, was mit ihnen geschehen ist.

Trotzdem ging meine Frau zur Deutschen Botschaft und bat die dortige Verantwortliche um Hilfe...ein Fehler, wie sich später herausstellen sollte...denn diese Frau T. war eine Swazi, die mit einem Deutschen verheiratet, und Mitglied der königlichen Familie war.

Jedenfalls verweigerte diese Frau kategorisch jede Hilfe. Erst als sie von ihrer vorgesetzten Dienststelle Order bekam, sich um mich zu kümmern, besuchte sie mich einmal im Monat im Gefängnis und brachte mir....alte Illustrierte...Ein Botschaftsattachee kam von Mozambique, um sich ein Bild über die Haftbedingungen zu machen.

Der Bericht las sich wie ein Hohn...

"Herr Lauer hat ein Bett in einem Krankenzimmer, für ihn ist bestens gesorgt. Er wird von seiner Familie verpflegt. Mehr kann vom Auswärtigen Amt nicht unternommen werden... Frau T. wird angewiesen, sich einmal im Monat nach dem Befinden des Herrn Lauer zu erkundigen."

Der Witz war nur, ich habe diesen Mann nur von weitem gesehen, er hat nicht mit mir gesprochen, ich hatte zu keiner Zeit eine Chance, meine Situation darzulegen und ihn auf die Folter und Vergewaltigungen oder die schwierige Lage meiner Familie, hinzuweisen...Allerdings weiss ich, dass er mit dem Commissioner Of Prisons fürstlich zu Mittag gespeist hat....

Am 17.2.1999 fühlte ich mich morgens schon sehr schlapp und meldete dies dem Doktor, der morgens die Zellen durchging und Krankmeldungen entgegen nahm. Ich bekam 2 Paracetamol und einen grünen Saft, der widerlich schmeckte...ich legte mich auf meinen Platz und schlief dann wenig später ein. Ich bat meinen Nachbarn, mich doch zu wecken, wenn meine Frau mit dem Essen kommen würde.

Nur wachte ich nicht mehr auf...Martina kam an diesem Tag dreimal ins Gefängnis und jedes Mal schickte man sie wieder weg...er schläft, hieß es lapidar...insgeheim hoffte man wohl, dass ich krepieren würde, dann bräuchte man die Wunden überall an meinem Körper nicht zu erklären...als Martina dann vor lauter Verzweiflung zu Frau T. ging, und diese Frau zum ersten und einzigsten Mal ihren Job tat. Sie ging mit Martina ins Gefängnis und verlangte die Vorführung des Gefangenen Lauer...

Der wurde dann auf einer Decke aus der Zelle herausgeschleift und auf die

Ladefläche eines Pickups geworfen und in den Prison Ward des Mbabane Government Hospital gebracht.

Dort gab man ihm eine Infusion NaCL, stellte ein Schälchen mit 2 Paracetamol, 1 Valium und diesen undefinierbaren grünen Sirup aus Bett und da lag ich nun, ich armer Wicht....

Als ich wieder zu mir kam, lag ich in einem Bett und hatte fürchterliche Kopfschmerzen, meine linke Seite war fast taub und als ich trinken wollte, lief mir das Wasser aus dem Mund...

Martina, als erfahrene Krankenschwester, hatte sofort einen Verdacht, denn mittlerweile hatte ich ihr stückweise mitteilen können, was man mit mir so alles veranstaltet hatte.

Den Ausdruck im Gesicht von Martina vergesse ich niemals...
Sie war wie versteinert...

Sie bellte die Beamten an, man solle ihr ein Schüssel Wasser und Seife bringen, dann mittlerweile hatte ich wochenlang schon keine Dusche mehr gesehen. Als sie mich wusch...konnte sie ihr Entsetzen nicht verbergen...überall altes Blut, Verbrennungen dritten Grades, der linke Hoden so dick, wie ein Handball und frisches Blut, das aus meinem Darm

lief. Ich hatte ihr nicht gesagt, dass ich vergewaltigt worden bin, erst 8 Jahre später sprach ich mit ihr darüber....heute bin ich mir sicher, sie hat es geahnt.

Sie ging anschließend sofort zu unserem Hausarzt und bat ihn, mit ihr ins Gefängnis zu kommen, um ihre Diagnose zu bestätigen.

Mit einem Trick gelangten die beiden zu mir...Martina und ihr "Onkel" konnten mich besuchen, er untersuchte mich, bestätigte die Diagnose und verschrieb hochdosierte Medikamente, denn ein weiterer Apoplex sei nicht auszuschließen. Untersucht wurde ich vom medizinischen Personal des Gefängnisses zu keinem Zeitpunkt, wobei das nicht verwunderlich war, denn es gab in Swaziland kein CT oder MRT...denn der König kaufte sich lieber ein Privatflugzeug...

Allerdings, wie sollte ich diese Tabletten einnehmen? Martina hatte auch dafür eine Idee. Essen brachte sie mir eh, also schmierte sie ein Sandwich mit viel Erdnussbutter und Marmelade und bröselte die Tabletten in die Marmelade...

Da sie wusste, dass ich sowieso alles teilen würde..schrieb sie auf dieses Sandwich "Peter only" und schmierte noch ein paar mehr, für die anderen in diesem "Krankenzimmer", das mit 6 Betten bestückt war, indem sich aber 14 Kranke aufhielten. Die Verteilung war denkbar einfach...die mit Überlebenschancen ins Bett...die anderen darunter...

Am Sonntag, den 21.02.1999 kam Martina wieder um die Mittagszeit um Essen zu bringen und mich zu waschen. Mir ging es den ganzen Tag nicht sehr gut...das Laufen fiel mir sowieso schwer...und ich konnte nichts essen. Martina beschwor mich, doch wenigstens mein "Sandwich" zu essen...

Dazu kam es nicht mehr...ich konnte auf einmal nichts mehr sagen, die Worte blieben mir im Hals stecken und dann ....

Die folgende Erzählung stammt von meinen Mithäftlingen, die staunend und voller Bewunderung für diese taffe Frau waren...

...wurde ich bewusstlos...und hörte auf zu atmen. Mein Herz stand still. Geistesgegenwärtig schwang sich Martina auf mein Bett und begann mit

Herzmassage und Mund zu Mundbeatmung. Zwischen durch schrie sie nach Hilfe, doch es war Sonntag. Als sie sicher war, dass ich wieder atmete, fuhr sie hinaus ins reguläre Krankenhaus, schnappte sich dort den nächsten Arzt, ob der wollte oder nicht, aber er kam und ich bekam das erste Mal eine adäqate Infusion.

ALLERDINGS MEIN LEBEN....DAS VERDANKE ICH EINZIG UND ALLEINE MEINER MARTINA....es sollte nicht das letzte Mal gewesen sein.

Allerdings war es für mich zu spät gewesen. Die Lähmung war irreversibel, ich sollte für den Rest meines Lebens an der Rollstuhl gefesselt sein.

Bisher war dies nur der Anfang...das Grauen ging weiter....
ich habe lange mit mir gerungen, ob und was ich weglassen soll..., ich habe mich letztendlich entschieden, das Grauen abzumildern...die Grauen, die mir noch passiert sind, NICHT zu erzählen...denn ihr sollt dies als eine Liebesgeschichte

in Erinnerung behalten..., wenn auch mit einem bitteren Untergeschmack.... aber nicht als eine kranke Horrorgeschichte....

Ich war gelähmt...ich konnte meine linke Seite nicht mehr kontrollieren...das zweite Mal in meinem Leben saß ich im Rollstuhl und dazu...war ich eingesperrt...in einem Land, wo Gefangene schlechter behandelt werden als Tiere...

Jeden Tag, der verging, dauerte 100 Tage...jede Stunde...100 Stunden...ich war nicht nur körperlich sondern auch mental gelähmt, mein freier Wille war ausgeschaltet, von Leuten mit Waffen und Schlagstöcken.

Mitleidlose Menschen, die uns behandelten wie ...nun ich weiß es nicht...zu Tieren waren sie wohl menschlicher...also, was waren wir? Abschaum? Ich begann die Menschen im Gefängnis mit anderen Augen zu sehen, ich fühlte Mitleid, fühlte Trauer, litt mit Ihnen und sie mit mir...Sie trugen mich in die Toilette, hielten mich über das Loch, dass ich nicht in meinen Exkrementen sitzen musste...sie waren Brüder im Leid. David M. und Jomo M. kannten alle....Der Hass auf die Polizei wuchs ins unermeßliche...

Es wurde kräftig gestorben in dieser Zeit...und genau so schnell wurde die kleine Zelle wieder mit neuen lebenden Leichnamen aufgefüllt....und wenn die Toten nicht schnell genug entfernt wurden, was oft genug geschah...nun ja...es war Hochsommer und in der kleinen Zelle herrschten unmenschliche Temperaturen. Die Verwesung setzte sehr schnell ein............................

Martina kam jeden Tag und versorgte mich und sie wurde von den Wachen seltsamerweise mit Achtung und sogar Ehrfurcht behandelt...White Gogo, White Mama, nannten sie sie....

Allerdings kam es zu einem Zwischenfall, der mich beinahe zum Mörder werden lies....

Martina war krank und lag zu Hause im Bett, so schickte sie Rebecca und Jennifer zu mir, um mir Essen zu bringen...
Jennifer hatte mich seit meiner Verhaftung nicht mehr gesehen und freute sich schon tierisch darauf ihren Papa wiederzusehen....

Die Wachen öffneten die Schleuse nach außen und ließen die beiden herein. Jennifer war 11 zu diesem Zeitpunkt... Sie öffneten aber nicht die innere Schleusentür, sondern kamen in unsere

Zelle und rissen mich hoch....und dann schlugen sie mich...mit Fäusten und Schlagstöcken.......ich verlor mehrere Zähne...und sie schlugen weiter.....
Die Kinder standen eingesperrt in dieser Schleuse, schauten wie erstarrt zu, und schrieen...so, wie ich sie noch nie gehört hatte.....

Dann ließen sie von mir ab und ließen die Kinder zu mir, als ob nichts gewesen wäre....Ein Mitgefangener, er hieß TV, nahm die Kinder zu sich ans Bett, während mir andere das Blut abwuschen...

Es kostete mich viel Mühe und ließ mich meine eigenen Schmerzen vergessen, als ich versuchte meine Kinder zu beruhigen....

Als die Kinder wieder weg waren, und ein Wachmann bei uns in der Zelle war und mir den Rücken zuwandte, griff ich mit meinem rechten Arm zu...und würgte ihn....leider nicht lange genug...

Seltsamerweise hatte dieser Angriff keine direkten Folgen für mich...wohl auch, weil mittlerweile Peter D., ein weißer Strafverteidiger, auf Bitten von Martina, meine Verteidigung übernommen hatte...und als erstes Beschwerde gegen diese Art der Folter gegen meine Kinder eingelegt hatte...und gewillt war, keinerlei Folter mehr an mir und meinen Kindern zu dulden. Er hatte inzwischen auch schon Amnesty International eingeschaltet und die Wachen und die Staatsanwaltschaft wussten es.

Martina schäumte unterdessen vor Wut......und lies die Kinder bis auf weiteres nicht mehr zu mir......

Allerdings machten mir die abgebrochenen Zahnstummel Probleme...Ich bat darum, zum Zahnarzt vorgelassen zu werden. Nach fast 2 Wochen, und einem mittlerweile total entzündeten Mund, wurde ich zum "Zahnarzt" gebracht. Das es nur ein "Zahnreiniger" war, wusste ich nicht und wie man im Gefängnis Zähne gezogen bekam, wusste ich auch nicht........Jedenfalls bekam ich einen Zahn gezogen....ohne auch nur die Spur einer Betäubung...und einen Mund voller Abszesse.

Danach mussten wir wieder zu Martina's altbewährter Medikamenten-Technik greifen...das Sandwich, gefüllt diesmal mit Antibiotika....

An einem Morgen, ich hatte mittlerweile auf Einspruch von Peter D. eine Holzkiste mit einem Loch...über dem Loch...wollte ich auf die Toilette. Ich versuchte die Tür zu öffnen...und es ging nicht...irgendetwas blockierte die Tür... Andere halfen mir die Tür dennoch aufzudrücken und dann fanden wir....TV, er war in der letzten Nacht auf dem Boden der Toilette gestorben, ganz alleine...von niemanden bemerkt....

Das Gesicht verzerrt, die toten Augen auf mich gerichtet, lag er da...ich weinte.....egal, was er angestellt hatte....er war mein Freund geworden, er freute sich immer so auf Martina's deutsches Brot, das sie selber buck, er passte auf mich auf, er half mir, soweit es sein Gesundheitszustand zuließ.......

TV war tot...und ich weinte....ich sehe heute noch sein Gesicht....

So gingen die Tage dahin...keiner rührte mich mehr an. Die Wärter mieden meinen Blick....

Dann eines Tages kam ein weiterer Kranker, schon halbtot....ich schaute ihn an und erstarrte....Es war einer der Fünfen, die mich in der ersten Nacht im Gefängnis vergewaltigt hatten... Auch er erkannte mich....war aber so geschwächt, das er nichts mehr sagen konnte...

Am nächsten Morgen war er tot.................................und ich

fühlte ....NICHTS......

so verging die Zeit...und es war ruhig...keiner kam mehr und schlug mich, keiner tat mir weh, Martina und meine Kinder blieben unbehelligt...

Eines Tages kam Peter D. und sagte, er wolle mich aus diesem "Krankenhaus" raushaben, er habe einen Antrag gestellt, dass ich wieder ins Gefängnis zurück sollte, aber dort dann auf die Krankenstation, was wesentlich besser für mich und auch für meine Gesundheit wäre...denn auf der Krankenstation waren nur die leichter erkrankten Gefangenen.

Allerdings war ich dann in direktem Kontakt mit bereits Verurteilten.

So kam es dann...ich kam nach Matsapha, ins Maximum Security Prison, dahin wo sich auch die bisher 17 zum Tode Verurteilten befanden und auf ihre Hinrichtung warteten.

Ich lernte Daryl S. kennen, ein Weißer, der wegen Rauschgiftschmuggels in großem Stil verhaftet worden war, man warf ihm vor, in 5 Jahren mehr als 200 Tonnen!!! Marihuana aus Swaziland nach Großbritannien geschmuggelt zu haben.

Ich kannte ihn nur als Besitzer einer Möbelschreinerei, dessen Waren nach Europa verkauft wurden...was allerdings in den "Waren" versteckt war, wusste keiner, das war nur durch einem dummen Zufall aufgeflogen.

Daryl's Vorarbeiter leistete sich ein Auto, dass er sich mit seinem normalen Gehalt nie hätte leisten können...
...und von den "Vernehmungskünsten" von Jomo M. und David M. hatte ich ja schon ausreichend berichtet...

So brachte der Neid der Nachbarn einen Stein ins Rollen, der einen der größten Schmuggelringe im südlichen Afrika zur Strecke brachte...

Swaziland war in der Szene bekannt für sein "schwarzes Gold", ein THC-reiches Rauschgift, das unter den Kiffern dieser Welt sehr geschätzt wurde.

Daryl hatte schon von mir gehört und gab mir auch gleich eine "Audienz", denn mit seinem Geld und Einfluss hatte er die Gefangenen und Wärter innerhalb des Gefängnisses, bis zu Richtern und Politiker außerhalb des Knastes in der Tasche.

Als der Gefängnisdirektor sein Auto geschrottet hatte, stand 2 Tage später ein funkelnagelneuer PKW auf dem Parkplatz des Direktors und schon hatte Daryl Privilegien, die sonst undenkbar gewesen wären.

Daryl hatte abends Lust auf Spare Ribs, also gingen 2 Wärter nach Mbabane in Spurs Restaurant und kauften für sich und Daryls Zelle, also die Krankenstation, 40 Portionen Spare Ribs und zwei Stunden später roch es in der Krankenstation wie in einem Steakhouse.
Gegen Morgen sammelten dann die Wärter die abgenagten Knochen ein...

Als es nach seiner Verurteilung zu 3 1/2 Jahren darum ging, einen Richter zu finden, der ihm Haftverschonung aus medizinischen Gründen gewähren würde, stand bei selbigem Richter ein nagelneuer Volvo vor der Tür und Daryl durfte nach Hause gehen...

Krank war er nie....

Aber ich bekam sofort eine Audienz...mein Ruf als "ganz Harter Hund" eilte mir voraus, hatte ich doch Jomo und David überlebt und das ganze 4 Tage lang...ohne umzufallen...
Mein Ruf war somit gesichert....

Daryl hatte natürlich sofort das gesamte Rauschgiftgeschäft im Knast an sich gezogen, kaufen konnte man nur noch bei ihm.
Er machte mir gleich ein Angebot, arbeite für mich, dann geht es dir gut und ich halte meine schützende Hand über dich. Niemand wird mehr mir, oder meiner Familie was antun.

Für eine Schachtel Zigaretten, das war die Knastwährung, hatte ich ab sofort die ehrenvolle Aufgabe, das Marihuana für Daryl in meinem Rollstuhl zu bunkern...denn bei Durchsuchungen wurden zwar alle durchsucht, ich auch, aber auf den Gedanken, meinen Rollstuhl zu durchsuchen, kam keiner.... Und genau das hatte Daryl auch sofort erkannt...

Glaubt mir liebe Freunde, was tut man nicht alles, wenn man überleben will...

Peter D. kam sehr häufig in dieser Zeit und bemerkte natürlich auch sofort, dass etwas anders war, das ich anders war...er stellte aber keine Fragen...später erzählte ich es ihm und er sagte zu mir....das hätte ich auch getan an deiner Stelle...

Auch Martina tolerierte es, wenn auch mit einem gewissen Zähneknirschen, aber wenigstens konnte sie, oh Wunder,

ihre Bankkarte wieder benutzen...

Am 20.07.1999 sollte mein Prozess beginnen...etliche Anklagepunkte waren vorher schon zurückgenommen worden, es blieb nur noch eine übrig...die Herstellung und der Vertrieb von Falschgeld...allerdings mit einer Strafandrohung von 15-25 Jahren.

heute geht es weiter, mir geht es mal wieder körperlich nicht sehr gut, aber das wird sich wohl erst legen, wenn ich die OP hinter mir habe...auf die eine oder andere Art....

Neueste Nachrichten von heute sprechen von mehreren Verhaftungen in Swaziland, speziell von Führern der Opposition.
Was diesen Leuten blüht, könnt ihr euch vorstellen, erlebt und beschrieben habe ich es ja schon ausführlich.

Wann werden die Swazis endlich aufwachen und dieses ganze royale Pack endlich zum Teufel schicken...Maswati..auf dich und deine ganze Brut, wartet hoffentlich bald der Galgen in Sidvwashnini...

sorry für diesen Ausbruch....

...es ist seltsam, man wird vor Gericht gestellt, man wird auf die Anklagebank geschoben, obwohl man weiß, man hat nichts angestellt...

es fühlte sich komisch an, der Gerichtssaal war voll mit Zuschauer, als ich in den Angeklagten-Dock geschoben wurde. Ich kannte mich mit Gerichtssälen nicht sonderlich aus und schon gar nicht in einem Land wie Swaziland.
Peter D. kam zu mir und sagte, ich solle

ruhig antworten, wenn man mir Fragen stellen würde, er würde schon auf mich aufpassen.

Dann kam der Richter herein und er erinnerte mich ein wenig an die mittelalterlichen Scharfrichter in seiner wallenden roten Robe, alle standen auf....nur ich halt nicht, und prompt fiel der Blick des Richters auf mich...aber Peter D. erklärte ihm sofort das warum....

Das erste waren dann die übliche Fragen zur Person und dann verlies der Generalstaatsanwalt die Anklage...

....und ich kam mir vor wie ein Grosskrimineller...

und ich sah in die angstvollen Gesichter meiner zwei großen Töchter und meiner Frau....

den Prozessverlauf will ich euch ersparen, wer es nachlesen will und einigermassen englisch kann, kann es hier tun...

nur eine kleine Episode am Rand.

Mein Entlastungszeuge wurde von David M. in einer Ecke gedrängt und es wurde

ihm gesagt, wenn er für mich aussagen würde, würde er nicht lebend zu Hause ankommen. Mein Rechtsanwalt, der im übrigen perfekt Siswati spricht, bekam die kleine Episode mit und berichtete diese sofort dem vorsitzenden Richter...Dieser veranlasste umgehend den Arrest des David M....der allerdings am nächsten Verhandlungstag wieder im Gericht anwesend war.

So groß konnte die Strafe auch nicht gewesen sein, den dieser Menschenschinder erfreut sich bester Gesundheit und ist seither vom Sergeant zum Senior Superindendant aufgestiegen. Wohl als Belohnung "für geleistete Dienste".

Lest also, was ihr versteht...

....das Einzigste, was ich nicht verstanden habe, war...obwohl in der Verhandlung schon feststand, dass ich unschuldig war, musste ich noch weitere 3 Wochen bis zur Urteilsverkündung am 10.08.1999 im Gefängnis bleiben und somit wird mir mein 43. Geburtstag ewig in Erinnerung bleiben.

bei dem Wetter sollte man eigentlich draußen sein und sich die Sonne auf den Bauch scheinen lassen und nicht im Zimmer sitzen und Geschichten schreiben...

...aber wenn ich diesen Schlendrian einreißen lasse, werde ich nie fertig...zumindest nicht im Sommer....

Es war der 10.08.1999...ich kam mir vor, wie an Weihnachten...
Um 6.00 Uhr saß ich schon gewaschen und gebügelt in meinem Rollstuhl und wartete sehnsüchtig darauf, dass endlich die Türen aufgeschlossen werden.
In Matsapha war es Brauch, das die Zellen tagsüber aufblieben und die schon Verurteilten konnten dann im Gefängnishof im Prinzip machen was sie wollten.

Manche gingen zur Arbeit, wenn denn welche vorhanden war, andere verzockten ihre Zigaretten und ihre hartgekochten Eier, die es Samstags, Sonntags und Montags gab. Allerdings waren das Eier, die das Verfallsdatum schon nicht mehr gesehen hatten....also nichts für zartbeseitete europäische Mägen...

...Genauso wie unser "Sunday Chicken", das in jedem deutschen Supermarkt als Sondermüll entsorgt worden wäre.

Man wußte immer ganz genau, wann es das gab...immer wenn der

Verwesungsgeruch aus der Küche kam....

um 9.00 Uhr kam dann der Bakkie, der uns ins Gericht bringen sollte. Außer mir hatten ja noch andere entweder Verhandlung, Berufung oder Haftprüfungstermine.

Vorher wurden wir noch gechaint...d.h. Fußketten und Handschellen...für mich immer angenehm, weil ich mich auf dem schaukelnden Gefährt nie festhalten konnte und mich regelmäßig daher mit dem Rollstuhl auf die Nase legte.
Aber wenigstens konnten wir uns die frische Luft um die Nase wehen lassen.

Im Gericht angekommen, empfing mich schon Peter D. und seltsamerweise auch der Staatsanwalt begrüßte mich wie einen alten Freund...Auch mein spezieller Freund David M. war wieder dabei...ich musste ihm nach der Urteilsverkündigung die Hand schütteln, dabei hätte ich sie ihm am liebsten abgebissen, wenn meine nicht mehr vorhandenen Zähne dies zugelassen hätten.

Und wieder war ich in der Angeklagtendock, aber diesmal in einem entspannteren Zustand...dachte ich...

Und da kam auch schon "Euer

Lordship", der Richter. Peter D. flüsterte mir noch zu...Zuerst wird er drei andere Urteile verkünden und dann bist du dran.... Wie ich ihn kenne, wird er bei dir nicht lange brauchen, wenn er jemand freispricht, dann sagt es das schon zu Anfang.
Und so war es dann auch....Es fielen drei sehr drakonische Urteile, darunter auch ein Todesurteil und jedesmal begründete der Richter zuerst lange des Urteil...

...dann kam ich an die Reihe....

zu meinem Entsetzen fing er an, mit der.........

..........Urteilsbegründung..........

.....es waren nur 15 Minuten, aber die kamen mir vor, wie eine halbe Ewigkeit. Peter D. rutsche auch schon ganz ungeduldig auf seinem Stuhl hin und her...und schüttelte den Kopf.....

Ich hörte nicht mehr zu..hing aber gebannt an seinen Lippen.....

....and therefore Dr. Peter Lauer is entitled to his acquittal, because of proven innocence...

.....und deshalb ist Dr. Peter Lauer freizusprechen, wegen erwiesener

Unschuld.......

Ich weiß nicht mehr ob ich schrie oder weinte...wahrscheinlich beides zusammen...meine Töchter kamen und durften mich dann auch endlich wieder umarmen....

Der Richter bat nochmals um Ruhe...er richtete das Wort an David M. und seine Folterfreunde....sie haben ein junges Leben und eine Familie beinahe zerstört, weil sie sogar noch hier im Gerichtssaal gelogen haben....und haben einen unschuldigen Mann ins Gefängnis gebracht....

......wenn der gute Mann gewusst hätte, was diese Bande noch alles mit mir gemacht hatten......

Dann war es vorbei, der letzte Hammerschlag...und ich war endlich wieder frei........

Man schob mich zu Martina, die oben wartete und ich nahm sie in die Arme und wir weinten....., ich wollte sie gar nicht wieder loslassen....

**Draußen vor dem Gerichtsgebäude waren dann jede Menge Reporter, auch ein Kamerateam vom Swazi TV.
....und alle wollten mir die Hand schütteln....
...publikumswirksam...versteht sich...**

Peter D. kam mit den Entlassungspapieren und sagte, lass uns schnell nach Matsapha fahren, deine Sachen holen. Rebecca verlud mich und Martina in unser Auto und wir fuhren ein letztes Mal diesen Weg, diesmal aber ohne Ketten und Handschellen....

......und ich hielt sie fest.....

....aber es war noch nicht zu Ende, wie ich gleich in meiner ersten Nacht in Freiheit feststellen sollte....

ich bin heute in keiner guten Verfassung...ich bin alleine, mache mir Sorgen wegen des Krankenhauses, ich weiß, dass diesmal keine Martina da sein, wird, die auf mich aufpasst....ich vermisse sie ganz einfach...und die Erinnerung überwältigt mich fast....

deswegen schreibe ich heute nichts, liebe Freunde, das würde mich nur noch

tiefer in den Abgrund stürzen lassen....

bis morgen....

Ich bin es langsam leid, dass ich meine treuen Freunde immer wieder mal vertrösten muss.

Aber die bevorstehende OP, das Schreiben über die zweitschlimmste Zeit meines Lebens und die dadurch resultierenden Panikattacken, das Gefühl alleine, ohne Martina zu sein, die mich in den Arm nahm, mich tröstete und mir immer wieder Kraft gab, weiter zu machen,...
...machten es mir unmöglich in den letzten Tagen zu schreiben.

Ich versuche es, wirklich...ich hatte zwar immer Respekt davor, dachte aber nicht, daß es mir so schwer fallen würde, darüber zu berichten, zumal noch andere Umstände existieren, es mir nicht gerade leichter machten.

So genug gejammert. ..wie sagte Paulchen Panther immer...

Es ist nicht das Ende aller Tage, ich komm wieder, keine Frage....!!!

Als ich heute morgen in den Kühlschrank schaute, wollte er mich

beissen...er hatte genauso viel Hunger wie ich...er war nämlich leer...., dann also bei diesem Wetter ab in die Stadt, unser einzigster Supermarkt im Dorf hat dicht gemacht....Nun ist es 18.00 Uhr und ich bin erstmal groggy....
Freunde, ganz bestimmt, morgen geht es weiter....

nachdem ich mich von diesem Vatertag erholt habe, mein Bett wollte immer in die Richtung, in die ich nicht wollte, und ich nun auch keine Ausrede mehr habe, außer der, das es nun dem Ende zugeht und ich vor nichts mehr Angst habe, als vom Tod von ihr berichten zu müssen, geht es heute endlich weiter....

Nach der Urteilsverkündung fuhren wir direkt nach Matsapha, um meine Sachen zu holen....

Dort angekommen, wollte ich eigentlich nicht mehr dort hineingehen, aus Angst, man könnte mich noch länger da behalten...aber man lies Nadja und Rebecca nicht in den Zellenbereich.

Also blieb mir nichts anderes übrig, als selbst noch einmal hineinzugehen um meine Sachen zusammenzupacken.
In weiser Voraussicht hatte mir Martina stabile Plastiktüten mitgegeben, in die ich in Windeseile meine Habseligkeiten

hineinwarf und mich dann von meinen Mitgefangenen verabschiedete.

Ob ihr es glaubt oder nicht, es flossen Tränen...denn nichts zählt mehr in der Not, als Kameradschaft, egal was einer verbrochen hatte...
Daryl sagte noch zu mir, was mach ich denn ohne meinen besten Mann...ihr wisst ja warum....

Er schob mich ein letztes Mal den Weg zum Ausgang und sagte zu mir...Dreh dich nicht um, nur die, die sich umdrehen, kommen wieder.....
Dort erwartete mich schon der Direktor, dem ich dann zu allem Überfluss, auch noch die Hand geben musste....

Dann öffnete sich das Tor.....und ich war frei, nach 218 Tagen, 5232 Stunden konnte ich endlich wieder machen was ich wollte, keiner befahl mir irgendwas, keiner schlug nach mir, wenn mal was nicht schnell genug ging.
Woran ich allerdings damals noch nicht dachte, war, das meine Seele das meiste abbekommen hatte, und das diese Wunden niemals mehr heilen würden....

Gewalt, Folter, Vergewaltigung....tötet die Seele... und meine Seele sollte sich nie wieder erholen. Was das hieß, sollte

mir schon am gleichen Abend noch klar werden.

Wir fuhren in die neue Wohnung, Martina, die Kinder und ich mussten zu der Zeit noch mit 50 qm vorlieb nehmen und das mit 2 Rollstühlen.
Aber meine Konten sollten ja auch in den nächsten Tagen wieder frei sein, sodass wir uns eine neue Bleibe suchen wollten.
Aber erstmal...war es sehr beengt...und es unterschied sich fast in Nichts vom Gefängnis....
Martina hatte sich hingelegt, sie hatte ganz schlimme Rückenschmerzen und war daher nicht mit nach Matsapha gefahren.
Ich nahm sie in den Arm und so lagen wir erst mal eine ganze Weile und taten das, was Verliebte so taten, wenn sie sich längere Zeit nicht im Arm gehabt hatten...Wir schmusten.....

.........was habt ihr denn schon wieder für schmutzige Gedanken...!!!

Später gingen wir hinaus in den Garten und Martina nahm meine ganzen Sachen, schüttete sie auf einen Haufen und holte den Reservekanister. Sie übergoss alles mit Benzin und zündete, alles an...Wohl auch um keine Läuse und Flöhe ins Haus zu bekommen, aber hauptsächlich wohl für mich, damit ich

an nichts mehr erinnert werde, was mit Gefängnis, etc. zu tun hatte.

Ich war ja schon entlaust, am Tag der Urteilsverkündung musste ich ein letztes Mal schlauchduschen und Insektizide über mich ergehen lassen. Außerdem hatte ich mich morgens komplett rasiert...Haare, Bart, und was es sonst noch so an Körperbehaarung gab.

Dann kam die Nacht, das Bett war so breit, mir fehlte was im Rücken...und der Schlaf wollte und wollte nicht kommen. Dann dämmerte ich so langsam ein...und der Alptraum kam....normalerweise wussten die Kollegen, was zu tun war, nämlich ganz schnell meine Arme festhalten, bis ich mich beruhigt hatte, aber Martina wußte dies eben nicht. So nahm das Unheil seinen Lauf...

Mit voller Wucht schlug ich ihr an den Kopf.....und als ich wach wurde, blutete Martina stark aus der Nase....stellt euch mein Entsetzen vor...ich hatte meine kleine Maus geschlagen, wenn auch entschuldbar, aber nicht entschuldbar für mich!!!!

Von diesem Tag an, schlief ich draußen auf der Couch, es war für mich so schlimm, dass ich mich in den nächsten

Tagen, nach einem Einzimmer-Appartment umsah und dann auch sofort dort einzog.

Dort war aber keine Martina mehr, die Dämonen nahmen vollends Besitz von mir. Ich stand auf der Schwelle zur Geisteskrankheit...Martina kümmerte sich rührend um mich, sie kam jeden Tag, kochte für mich, nahm mich in den Arm, brachte mir die kleine Tiffany, den Malteser, der heute noch im 16ten Jahr bei mir ist....

Listig wie sie war, nahm sie alles mit, womit ich mich auch nur im geringsten vergiften, verletzen, schneiden konnte...sie gab mir nur meine Tagesration Tabletten....aber alles konnte auch sie nicht verhindern...nämlich Schlaganfall Nummer drei.

Aber soweit waren wir noch nicht....

Die folgenden Tage waren voll mit Interviews, TV Auftritte, etc. ehe sich das öffentliche Interesse wieder etwas abflachte und sich der geneigte Swazi wieder anderen, aktuelleren Tagesthemen zuwandte....

Peter D. kam und wir besprachen unser weiteres Vorgehen...daß ich Klage

einreichen wollte, war klar, nur wusste ich noch nicht, welche neue Gefahr ich damit heraufbeschwor....aber ich wusste Peter an meiner Seite und Mut...ja Mut hatten Lauers ja schon immer!

Wir mussten nach der Klageeinreichung das Land verlassen, in diesen 14 Tagen, die es brauchte, um die Klage offiziell werden zu lassen, konnte es sein, dass man uns um die Ecke brachte und uns im Maguga Dam den Krokodilen zum Fraß vorwarf.

Wenn die Klage dann offiziell auf der Roll of the High Court war, konnte auch die Polizei nichts mehr ändern und wir waren dann wieder sicher. Also machten wir 14 Tage Urlaub in Südafrika und warteten auf grünes Licht von Peter D. zur Rückkehr.

Eines Tages holte mich Rebecca ab und wir gingen zusammen in die Stadt.

Zum besseren Verständnis sei gesagt, dass wir offizielle Waffenscheine, nebst den dazugehörigen Waffen hatten. Ich eine 357 Magnum und Martina eine 38er Chief Special.
Das sollte für spätere Geschichten noch eine Rolle spielen.

Die Waffen waren immer griffbereit und

ich ging ohne diese Waffe nicht mehr aus dem Haus. Wir waren schon fast fertig mit unseren Besorgungen, Rebecca musste nur noch in die Reinigung, etwas abholen....da kam David M. auf unser Auto, in dem ich saß , zu...

...er kam auf mich zu und wollte mich begrüßen, wie man einen alten Freund begrüßt...Hello Mr. Lauer...how are you....in meinem Kopf machte es klick...und ich hatte meine Hand an der Waffe, bereit zum Schießen...Rebecca, die das aus den Augenwinkeln gesehen hatte, raste aus dem Laden, stieß dieses Schwein weg und schrie ihn an, go Mister go....
Achselzuckend, als wenn nie etwas vorgefallen wäre, lief er davon.....

Ich saß schweißgebadet im Auto und zitterte, die Waffe immer noch in der Hand....ich hätte geschossen, wenn Rebecca die Situation nicht so gut erkannt hätte...

Mir war klar....das mein Leben nie wieder so werden würde, wie es einmal war....

stehen tue ich mal schon...

So, liebe Freunde, bevor ich heute weiterschreibe, noch ein Wort in eigener Sache...
Am 18.6. werde ich in der Asklepios Klinik Bad Wildungen urologisch untersucht, diese Untersuchung ist die Voraussetzung für meine darauffolgende Operation in Tübingen.

....dann geht es jetzt nun wirklich los....und ich habe Angst davor....

es geht heute weiter....

ich blieb noch in diesem Appartment und meine Frau und meine Kinder fanden ein kleines Häuschen, etwas außerhalb von Mbabane.
Eine schöne Gegend, relativ sicher.....so dachten wir...
Doch es sollte sich bald wieder etwas gravierendes tun...

Das Haus war relativ gut abgesichert, allerdings nicht unüberwindlich. Eines Abends hörte meine Frau Geräusche und sah einen jungen Mann, der sich an ihrem Auto zu schaffen machte.
Wohlgemerkt der PKW stand innerhalb unseres Grundstückes.
Sie nahm ihre Waffe und ging hinaus,

Als der Mann sie sah, und ihre Waffe in ihrer Hand erblickte, ließ er augenblicklich von seinem Vorhaben ab und rannte davon.

Ich war zu diesem Zeitpunkt in meiner Wohnung und konnte also nicht helfen. Bei näherer Betrachtung hatte der Dieb versucht, den Radio aus dem Wagen zu stehlen, wurde aber durch das prompte Eingreifen von Martina darin gehindert...

doch es sollte noch schlimmer kommen....

Zwei Tage später, es war abends, machte ich mich in meinem E-Rolli auf den Weg zu meiner Frau und meinen Kindern. Martina hatte gekocht und hatte mir ein Ultimatum gestellt. Entweder du kommst raus aus deiner Burg und isst mit uns, oder...nu ja....ich kannte ja den Durchsetzungswillen meiner Süßen...ich hätte für längere Zeit nichts zu lachen gehabt....und auch sonst nichts...*ggg*

Also rollte ich los und war auf halber Strecke, als plötzlich mein Handy klingelte...Peter komm schnell, wir werden überfallen...dann hörte ich nur noch Schüsse und Schreie....

Wenn ich einen Ferrari-Rollstuhl gehabt

hätte, hätte ich den Nachbrenner eingeschaltet, aber das scheiß Ding fuhr nur 6 km/h.

Als ich endlich ankam, meine Waffe hatte ich ja auch bei mir, war alles schon vorüber.

Martina war in der Küche und hatte durch das Küchenfenster zwei maskierte Männer gesehen, die sich an Rebeccas Tür zu ihrem Zimmer zu schaffen machten.

Sie versuchte Rebecca übers Interkom zu warnen, aber Rebecca hatte ihre Mutter nicht verstanden und öffnete ihre Tür, um ihre Mutter zu fragen, was denn los sei. Die beiden Männer packten sich meine Tochter und einer würgte sie bis zu Bewußtlosigkeit. Martina hatte aber mittlerweile schon ihre Waffe in der Hand und schoß sofort durch das geschlossene Küchenfenster auf die beiden Einbrecher. Diese merkten wohl, dass hier Feuerwaffen im Spiel waren und rannten davon. Rebecca, mittlerweile wieder aufgewacht, rannte zu ihrer Mutter, schnappte sich ihre Waffe, rannte hinter den beiden her und schoss dabei das gesamte Magazin leer.

Leider verfehlte sie die Beiden.

Als ich ankam, konnte ich nur noch die

Polizei verständigen, was mir verständlicherweise nicht leicht fiel. Es war mittlerweile 19.00 Uhr. Ans Essen dachte niemand mehr.

Ich blieb natürlich dann die ganze Nacht bei meiner Familie und an Schlaf war ebenfalls nicht zu denken

Die Polizei war dann auch "sehr schnell" vor Ort...

......sie schafften es tatsächlich um 7.00 Uhr morgens zu kommen....!!!

Zwei gelangweilte Polizisten, stellten ein paar belanglose Fragen und ihr Besuch war damit auch schon wieder beendet.
Wir sollten doch in den nächsten Tagen aufs Revier kommen und eine Anzeige unterschreiben.

Peter D., mein Anwalt, der mittlerweile ein guter Freund der Familie geworden war, sagte uns, es sei nicht gut, wenn eine Frau alleine mit ihren Kindern irgendwo wohnt. Die Zauberdoktoren hatten wohl eine neue "Heilmethode" für die wachsende HIV-Infektionsrate von 42 % "gefunden".
Vergewaltigt Weiße, dann werdet ihr geheilt...!!!
Eins ihrer Opfer war ich ja selbst....

Geschockt und traumatisiert, machten wir uns sofort auf die Suche nach einer neuen Wohnung.

Für die Zwischenzeit holten wir uns aus dem Tierheim Hunde, denn nichts fürchtet der Schwarze mehr, als Hunde und Feuerwaffen.

Mit dann 8!!! Hunden, die in unserem Garten umherliefen, fühlten wir uns dann einigermaßen sicher.

Ich wollte mein selbstgewähltes Exil dann auch aufgeben, denn die Sicherheit meiner Familie war nun absolut im Vordergrund.

Aber das sollte immer noch nicht alles gewesen sein...

Martina kam immer noch jeden Tag zu mir und versorgte mich, wohl mehr "sorgen" als "versorgen"....

Es ging mir an diesem Tag nicht sehr gut, als sie kam...ich hatte wohl etwas Wirrwarr gesprochen und ich erbrach mich....

....bis ich dann in Ohnmacht fiel...Schlaganfall Nummer drei war im Anmarsch...Martina rief Nadja und Paul an, denn alleine würde sie mich wohl kaum in den Fahrstuhl und ins Auto

bringen.

Auch der Security des Hauses kam zum Helfen. Sie legten mich auf eine Decke und zogen mich auf dieser Decke bis ans Auto und legten mich hinten auf die Pritsche. Ambulanzen wie bei uns, sind dort Mangelware....sie fuhren los ins Mbabane Government Hospital, das staatliche Krankenhaus.

Dort angekommen, wollte man mich ausladen und zum Arzt bringen. Die Schwester an der Aufnahme sagte...stellen sie ihn mal da hin, alle Ärzte sind in der Mittagspause....

Martina und Nadja sahen sich fassungslos an...aber er hat einen Schlaganfall....tja, da könnte sie nichts machen, es wäre halt kein Arzt erreichbar...

In der Zwischenzeit rief Paul Martina ans Auto...Peter ist so blau im Gesicht...

....und da war er wieder mein Schutzengel...Martina begann sofort mit Mund zu Mund Beatmung und Herzmassage...

Nadja und Paul fuhren das Auto so vorsichtig wie möglich ins nahe gelegene Privatkrankenhaus Mbabane Clinic. Außerdem riefen sie Peter D. an,

denn Mbabane Clinic verlangte Vorkasse....und an Geld mitzunehmen, hatte keiner von uns gedacht.

Als wir dort ankamen, war Martina schweißgebadet, ein Arzt stand schon bereit mit einem Defibrillator, denn Peter D. hatte in der Zwischenzeit das Deposit bezahlt.

Um 4 Uhr nachmittags kam ich dann zu mir...Martina schlief, ihren Kopf auf mein Bett gelegt...und ich an 1000 Schläuchen und Kathedern...ich streichelte ihr über die Haare und weinte, meine linke Hand funktionierte nicht mehr....aber ich war am Leben... und schon wieder mal hatte mein Liebling mir das Leben gerettet.

...und schon wieder...es sollte nicht das letzte mal gewesen sein....

So, heute bin ich wieder da...ob ihrs glaubt oder nicht...die Anschluß-Reha ist nun doch bewilligt!!!

Aus der Klinik entlassen, passierte eigentlich nichts mehr weltbewegendes. Na ja, war ja auch genug was in einem Jahr alles passiert ist.

Ich dachte mir, den großen Millenium-Jahreswechsel sollten wir mit einem Fest begehen und so buchte ich im besten Hotel Swazilands
für uns und meine Kinder einen Platz bei der Sylvester Party.

Vorher nahm ich aber meine Frau und meine Kinder und wir fuhren nach Johannesburg zum Shoppen....meine Hübschen brauchten ja schließlich was gescheites für den Ball.

Zum Ball selbst schreibe ich nicht viel, aber schaut euch ganz einfach die Bilder an, die ich und andere während dieses Events gemacht haben.

In der Zwischenzeit wohnten wir auch wieder zusammen, wir hatten ein wunderschönes Haus im Valley gefunden, direkt neben dem königlichen Palast

in Lozitha. 3 Häuser, 8000 qm umzäunte Fläche, Bananenstauden...es war einfach nur schön.

Das Jahr 2000 brachte zuerst auch nicht

viel Neues, ich versuchte wieder zu arbeiten, aber im Rollstuhl....das war einfach nicht zu schaffen.

Also beantragte ich in Deutschland Erwerbsunfähigkeitsrente, die dann auch nach langem hin und her auch genehmigt wurde.

Ein Arzt aus Deutschland wurde in Marsch gesetzt, der mich dann in Swaziland begutachtete und letztendlich sein positives Gutachten abgab.

Allerdings machten unsere Zipperlein zu schaffen, mir die Folgen, des letzten Schlaganfalls und Martina die ständig wiederkehrenden Rückenschmerzen, die OP hatte leider ihren Zweck verfehlt, die Schmerzen bei ihr waren wieder da, schlimmer als vorher.

Ich schrieb an die FIFA, denn ich wusste, der medizinische Direktor der FIFA, Prof. D., war ein weltweit anerkannter Schmerzspezialist, der in Zürich eine renommierte Klinik unterhielt.

Die FIFA zögerte nicht lange und lud uns beide zu Prof. D. nach Zürich ein.Sie bezahlte erster Klasse-Flüge für uns beide und den Aufenthalt in der Klinik und sämtliche Behandlungskosten, den entstehen würden.

Auch hier schaut euch die Bilder an, die dort entstanden sind.

Leider hielt sich der Erfolg in Grenzen, bei mir waren durch die Nichtbehandlung der Schlaganfälle im Gefängnis irreparable Schäden im Gehirn entstanden, außerdem stellte es sich heraus, daß ich zusätzlich noch unter einer schweren Form der Polyneuropathie litt.

Auch bei Martina war nur wenig Besserung zu erwarten. Der Schmerz hatte sich mittlerweile verselbstständigt und war chronisch geworden, an manchen Tagen konnte sie nur unter schwersten Scherzen überhaupt das Bett verlassen. So begann sie teilweise schwerste Schmerzmittel zu nehmen.

Zurück in Swaziland dachten wir über eine Rückkehr nach Deutschland nach. Als sich, wiederum durch die FIFA und den DFB, die Chance bot, in einer der renommiertesten Schlaganfallkliniken Deutschlands zumindest eine Reha zu machen, nahm ich dankend an und ich verließ zuerst im Mai 2000 Swaziland und ging nach Bad Zwesten.

Martina sollte in der Zwischenzeit unseren Haushalt auflösen und nachkommen.
Nadja hatte ihren jetzigen Mann, den Vater meines bis dahin einzigen Enkels, gefunden und beschloß in Swaziland zu bleiben.

Dann war es soweit...nach 5 Jahren verließ ich das Land, in das ich einst mit so vielen Hoffnungen gekommen war..., und in dem ich, bis dahin, die schlimmste Erfahrung meines Lebens gemacht hatte.

In Deutschland angekommen, ging ich durch die Passkontrolle und der BGS Beamte, der meinen Pass kontrollierte, sagte auf einmal, Herr Lauer, gegen sie liegt ein Haftbefehl vor....

Es wurde im Jahre 1995 eine Geldstrafe wegen zu schnellem Fahrens gegen sie verhängt und die haben sie nicht bezahlt.

Oh Gott, dachte ich...kurz vor unserem Abflug war ich geblitzt worden, hatte es aber wegen dem ganzen Abflugstress vergessen.

Der Strafzettel wurde aber erst nach unserem Abflug zugestellt, und da ich nicht mehr in Deutschland war, konnte er auch nicht mehr nachgeschickt oder vollstreckt werden. Mit allen Kosten war eine Summe von 800 DM offen.

So blieb ich "aktenkundig", wie man so schön in Deutschland sagt.
Erst da wusste ich, ja ich bin wieder in Deutschland...*ggg*

Soviel Geld hatte ich natürlich nicht bei mir und meinen Scheck von meiner Swazibank wollten die Herrschaften auch nicht akzeptieren.
So konnte ich erst am nächsten Morgen auf die LZB um dort das Geld abzuheben und die Strafe zu bezahlen.

Was passierte....ich wurde über Nacht in die JVA Weiterstadt eingeliefert. Welche Ironie des Schicksals....Peter, der Knastvogel, aus dem einen raus...in den nächsten rein...
Langsam kam ich mir vor wie Al Capone....

Am nächsten Morgen dann, wurde ich nachdem ich meine Schulden beim deutschen Staat beglichen hatte entlassen und begab mich nun endlich zur Reha nach Bad Zwesten, die schon

einen Abend vorher, meine Ankunft erwartet hatten....

Ich habe euch vernachlässigt, diese letzten paar Tage...aber es war einfach so heiß, zu heiß um sich vor den Computer zu setzen und nach fünf Worten schweissgebadet zu sein und dann keine Ideen mehr zu haben...

Verzeiht mir bitte, es geht wirklich bald weiter....

Ihr werdet euch bestimmt schon gewundert haben, daß ihr nichts mehr von mir gehört habt.
Eigentlich ist des Rätsels Lösung ziemlich leicht.
Die nächsten 14 Jahre waren relativ ereignislos und es wird vielleicht nur noch für eine, maximal zwei Geschichten reichen.
Allerdings mit vielen vielen Bildern...

Und dann kommt nur noch die Geschichte Ihres Todes....und da habe ich sehr viel Angst davor...weil ich noch weit davon entfernt bin, es verkraftet zu haben.
Und vor meiner OP möchte ich mich diesem Schmerz und Stress nicht aussetzen.

Ich habe mir folgendes gedacht, meine OP steht jetzt baldigst an, am Mittwoch gehe ich zur urologischen Voruntersuchung und danach folgt dann die OP...

Sollte etwas schiefgehen, bin ich sicher, daß eine meiner Töchter die Geschichte zu Ende schreiben wird, auch so, wie ich es gerne gehabt hätte.

Wenn alles gut geht, dann werde ich selbstverständlich ihre Geschichte beenden, wie ich es auch vorgesehen hatte.

Liebe Freunde, an dieser Stelle sage ich euch provisorisch Ade...wenigstens Ihr solltet die Chance haben "Good bye" zu sagen, wenn ich sie schon bei Martina nicht hatte.

Allen meinen treuen Lesern danke ich für eure Aufmerksamkeit, euren Zuspruch, eure Hilfe in so manchen verzwickten Situationen....
Ich würde gerne alle von euch persönlich kennenlernen...und jeden einzelnen von euch drücken....

Ich hoffe sehr, bis bald...damit es auch weiterhin heißen kann...Fortsetzung folgt!

Es hört auf, wie es begonnen hatte.....

Schlaftrunken öffnete ich meine Augen, es war 6.30 Uhr. Mein Interkom klingelte...

Ich griff nach dem Telefon und Martina sagte zu mir, "Schatz kommst du mal rüber und bringst das Blutdruckmessgerät mit?"
"Was hast du denn? Natürlich, ich komme sofort"...

Also schnappte ich mir das Blutdruckmessgerät und fuhr rüber zu ihr. Als ich sie sah, erschreckte ich mich ein wenig, ich griff nach Ihrem Handgelenk, sie fühlte sich so seltsam kaltschweißig an und ihr Puls raste, obwohl sie vor wenigen Minuten erst aufgewacht war. Ich band ihr die Manschette um und pumpte sie auf, bis ich keinen Puls mehr hörte...Aber es war alles normal...

"Ich kriege so schwer Luft" sagte sie..."Du hast dich gestern, als du in der Stadt warst, überanstrengt" sagte ich etwas vorwurfsvoll zu ihr. Tatsächlich war sie auch über 5 Stunden unterwegs gewesen...
Was sollte ich tun, ein Verdacht keimte

in mir auf, den ich aber erstmal wieder verdrängte. Was wäre, wenn sie einen Herzinfarkt hat?

Ich rief unseren Hausarzt an, die Sprechstundenhilfe sagte mir, das der Doktor gerade beschäftigt sei, aber er könnte sowieso jetzt nicht kommen, ich solle doch den Notarzt anrufen.

Ich ging wieder zu ihr. Inzwischen war sie kreidebleich und atmete sehr schwer. "Schatz, ich rufe jetzt einen Notarzt" Ach nein, bitte nicht, die stecken mich soweiso nur ins Krankenhaus" sagte sie etwas genervt. Denn wer das Korbacher Krankenhaus kennt, weiß was das für ein Saftladen ist.

Ich erinnerte mich gerade daran, das sie gestern ganz schlimme Schmerzen im Schultergürtel hatte und ich sie beinahe 15 Minuten massiert hatte und ich erinnerte mich auch daran, daß die typischen Symptome für einen Infarkt bei Frauen garnicht vorkommen müssen.

Nun zögerte ich keine Sekunde mehr. Ich wählte die 112 und setzte den Notruf, "Herzinfarkt" ab. Dabei war ich immer noch ganz ruhig.

Ich nahm ihre Hand und drückte sie..."das wird wieder" sagte ich... "Ich hab dich lieb"...."ich dich auch"... kam es leise aus den Kissen...

Ja, es wird wieder....das dachte ich zu diesem Zeitpunkt auch noch...

Schon 4 Minuten später stürzten 5 Mann in unser Schlafzimmer, und packten allerhand Geräte aus, das Zimmer sah in wenigen Minuten aus, wie eine Intensiv-Station. Der Notarzt machte ein EKG und schaute es sich an und schüttelte den Kopf. Er hörte sie ab und schloß das EKG zum zweiten Mal an.

Inzwischen hatte Martina schon zwei Infusionen in den Armen aber an sie heran kam ich nicht mehr.

"Herr Lauer, ihre Frau hat einen kleinen Herzinfarkt, wir bringen sie jetzt ins Krankenhaus, dann machen wir ein kleines Herzkathederchen und in 4 Wochen haben sie sie wieder...." "Kann ich denn mirfahren?" fragte ich..."Das geht leider nicht, wir können ihren

Rollstuhl nicht mitnehmen...Fahren sie uns doch nach."

Ich rief meinen Freund und Nachbarn Gerhardt an, und erzählte ihm alles...Er kam dann auch sofort und bekam nur noch mit, als sie meinen Schatz auf der Trage aus dem Zimmer schoben.

Ich sagte, "halt noch, machen sie bitte die Trage etwas tiefer"...
Ich nahm sie in den Arm und küßte sie...sie erwiderte meinen Kuss und sagte: "Ich liebe dich". "Ich liebe dich auch." sagte ich tränenerstickt, "ich komme gleich nach, wir packen dir noch schnell eine Tasche."

DANN FUHREN SIE SIE HINAUS UND ICH SOLLTE SIE NIE WIEDER SEHEN......

Inzwischen hatte Gerhardt alle drei Töchter verständigt und half mir packen.Dann verfrachtete er mich ins Auto und wir fuhren ins Krankenhaus.

Ich raste mit meinem Rolli zur Intensiv-Station und klingelt Sturm!

Eine Schwester kam raus und sah uns an....sie sah uns an....und sagte das Unfassbare...

Ihre Frau hat es nicht geschafft, wir haben versucht, sie zu reanimieren, aber es ist uns nicht gelungen. Das Herz war wohl schon zu stark geschädigt...

Ich schaute die Frau an und verstand sie nicht, wie? nicht geschafft? Ich verstand es nicht, bei mir drehte sich alles...

...SIE WAR TOT...
...JEMAND HAT SIE MIR WEGGENOMMEN...
...ES WAR VORBEI...
...SIE KOMMT NIE WIEDER...

....mir blieb nur der unendliche Schmerz und meine Tränen....

Über das wie und warum habe ich schon viel geschrieben, daß meine Frau wegen

eines geldgierigen Krankenhaus Korbach und einem unfähigen Dr. Kurbakov sterben mußte, hab ich schon hinreichend geschrieben, das würde meine letzte Geschichte zerstören...

Ich danke allen für euren Support, eure Anteilnahme und eure Freundschaft. Sobald ich alles fertig habe, werdet ihr die Geschichte hier runterladen können.

ICH KANN NICHT MEHR, ICH MUSS WEINEN...

die erste Untersuchung habe ich hinter mir, jetzt warte ich auf den Termin für die OP. Untersuchung folgt auf Untersuchung, wenn ich das recht deute, schiebt da jeder seine Verantwortung an den nächsten. Momentan bin ich mal wieder ganz unten, sie fehlt mir, ich vermisse sie...Britta war letzte Woche in Heidelberg...ich hab mein Herz in Heidelberg verloren, schrieb da einer und es stimmt...mein Herz habe ich in Heidelberg verloren, meine Kinder sind alle da geboren...da ist es mir wieder zu Bewußtsein gekommen, daß ich eigentlich viel lieber bei ihr sein würde. Deswegen macht mir die OP auch keine Angst mehr, denn wenn es in die Hose geht, weiß ich ja, daß ich endlich wieder bei ihr sein kann.

Ich habe nur eine Alternative, die große OP von 8 Stunden Dauer, denn der Tumor in meiner Blase ist bösartig, man kann also die Blase nicht belassen. Der Anaesthäsist schüttelte bedenklich den Kopf, als ich von 20 % Chancen sprach, also ist die Wahrscheinlichkeit groß, daß ich meine geliebte Martina bald wiedersehen kann.

Ich werde euch im Laufe dieser Woche

mitteilen, wann es mit der OP soweit sein wird...

Ich habe meine über alles geliebte Frau am 19.12.2013 durch Ärztepfusch im Korbacher Krankenhaus verloren. 37 Jahre Ehe lagen hinter uns und wir hofften noch ein paar Jährchen dranhängen zu können...

...ich verlor meine Frau durch Dummheit und Profitstreben...
Sie wollten Kohle machen und haben anstelle einer lebensrettende Lyse Therapie für 200 Euro eine kontraindizierte Herzkathederuntersuchung für 6.000 Euro gemacht. Die Lyse hätte erst das Gerinnsel aufgelöst, so aber hat der Katheter den Verschluss weitergeschoben und hat somit den zweiten tödlichen Infarkt ausgelöst.
...Sie haben mir meine Frau genommen, wegen Profitgier und Inkompetenz.

DAS BIS ZUM HEUTIGEN TAG KEINE ENTSCHULDIGUNG KAM UND DER OBERARZT DER MARTINA BEHANDELT HAT, NOCH NICHT MAL DIE EIER HAT, MIT MIR ZU SPRECHEN, GEHE ICH JETZT AN DIE ÖFFENTLICHKEIT. ..DENN ZUM KLAGEN FEHLEN MIR DIE FINANZIELLEN MÖGLICHKEITEN.

---

ich habe nun so halbwegs eine violente Blaseninfektion und eine furiose Diarrhoe überstanden, deswegen habt ihr von mir in den letzten Tagen nicht viel gehört.

Alles mögliche passierte, angefangen von einer Allergie auf ein Antibiotikum, das ich nehmen mußte, bis hin zum Beinaheaufenthalt im Krankenhaus, wo ich, wie ihr mich bestimmt alle kennt, sowieso nicht hingegangen wäre.

So langsam komme ich wieder zu Kräften, sodaß ich Martina's Vermächtnis endlich fertigstellen kann.

Natürlich drücke ich mich auch ein wenig, aus bekannten Gründen, davor. Aber es nützt ja nix, auch diese schlimme Episode gehört zu unserer Liebe dazu.

Ansonsten gibt es nicht viel zu berichten, außer der Farbe meiner Bettwäsche, die ich euch aber gerne vorenthalten möchte...

Laßt uns unserer Mannschaft die Daumen drücken für heute abend, damit wir am 13. ein Endspiel Deutschland gegen Argentinien, mit einem verdienten Sieger Deutschland, anschauen können.

Die Niederländer sollen doch bitte um Platz 3 gegen Brasilien spielen.

in diesem Sinne, bis bald Ihr Lieben...

meine kleine Abschiedsüberraschung für euch...Martina hat auch gemodelt...sie war eines der ersten Rollstuhlmodels...mein Schatz, der Vamp....

ich muß doch mal wieder nach euch schauen...ich habe auch einen besonders schönen Grund. Ein sehr lieber Freund, Michael Schwabe...hat eine Gedicht geschrieben, das ich euch nicht vorenthalten möchte....
...es hat mich einige Mühe gekostet, ihm die Genehmigung zur Veröffentlichung aus den Rippen zu leiern...aber es lohnt sich...

Der Schmerz, gebor'n in Traurigkeit.
Der Tod, er bringt so schwere Zeit.
Er kam mit gnadenloser Macht,
hat Trauer, Tränen Dir gebracht.

Weine ruhig, verzage nicht,
weil ein Herz sonst schnell zerbricht.
Ein Wurzelchen in Deiner Trauer,

es wächst, bald grünt wieder die Mauer.

Aus zarter Wurzel, fern vom Licht,
die Pflanze aus dem Dunkel bricht.
Verlust der Dich so schlimm getroffen,
die Wurzel lässt Dich trotzdem hoffen.

Im Ende liegt auch ein Beginn,
des Lebens Kreis, des Sterbens Sinn.
Die Trauer lässt auf Glück uns hoffen,
hält uns'ren Weg auf Ewig offen.

So geh den Weg, leg Dich nicht nieder,
leb' für die Lebenden nun wieder.
Ohne Hoffnung stirbt selbst Licht,
HOFFE, lass es sterben nicht.

ich habe euch nicht vergessen!!!

....und ich vermisse sie immer noch sooooo sehr....sie wollte sich da nicht fotografieren lassen...hihi

Hallo ihr Lieben...gestern waren es 38 Jahre. ..wo ich sie gesehen, ihr nachgerufen habe und begonnen habe, sie zu lieben. Den gestrigen Tag habe ich nur mit ihr verbracht...es war ein schöner Tag. ..Heute bin ich wieder alleine. ...eine Hälfte meines Körpers, eine Hälfte meines Lebens und eine Hälfte meiner Seele und meines Herzens

sind gegangen und kommen niemals wieder.
Ich liebe dich mein Schatz und freue mich darauf, dich hoffentlich bald wiedersehen zu dürfen....ich denke nur an uns!!!

ich habe neuen Lebensmut gefunden...das hat sich schon mal damit manifestiert, das ich in den letzten Wochen fast 2000 km durch unsere Republik getourt bin, das ich beruflich wieder etwas aktiv werden will, soweit mein Körper halt mitmacht....UND ich werde ihn ausnutzen, um ein Buch zu schreiben, das mir einige von euch schon länger zugetraut haben...ich weiß zwar noch nicht, wie das dann vonstatten gehen wird, mit der Veröffentlichung...aber ich hab ja noch ein bißchen Zeit, da es ja erst mal geschrieben werden muss... Auch habe ich mich entschlossen, meine Zeit vor Martina, sprich meine Jugend, mit einzupflegen...auch da gab es einige erzählenswerte Geschichten...wenn ich mich noch richtig an meine Mama erinnere. ..und ihr Glauben schenken darf... *ggg*
Also drückt mir die Daumen und denkt daran....ihr seid schuld, ihr habt es nicht anders gewollt...*ggg*

Anbei noch ein Paar Bildchen neueren Datums...mit meinen langjährigen Freunden...(die blonden Haare waren eine Vorspiegelung falscher Tatsachen für meinen neuen Grauen, der Brünette nicht mochte...., hat sich aber gottseidank erledigt, wie ihr sehen könnt).
....und für alle, die wissen, was ich meine...
ICH HABE EINEN VOGEL !!!

Ein Jahr ist vergangen und ich dachte mein Leid würde sich mildern, mein Schmerz würde sich verringern, mein Herz würde nicht mehr bluten, aber nichts davon ist geschehen. Mit jedem Tag ohne dich, verstärkt sich mein Leid, mein Schmerz wird schlimmer und mein Herz blutet immer mehr...

Beim Aufgang der Sonne
und bei ihrem Untergang
erinnern wir uns an sie;
Beim Wehen des Windes
und in der Kälte des Winters
erinnern wir uns an sie;
Beim Öffnen der Knospen
und in der Wärme des Sommers
erinnern wir uns an sie;
Beim Rauschen der Blätter
und in der Schönheit des Herbstes
erinnern wir uns an sie;

Zu Beginn des Jahres und wenn es zu Ende geht, erinnern wir uns an sie;
Wenn wir müde sind
und Kraft brauchen,
erinnern wir uns an sie;
Wenn wir verloren sind
und krank in unserem Herzen
erinnern wir uns an sie;
Wenn wir Freude erleben,
die wir so gern teilen würden
erinnern wir uns an sie;
So lange wir leben,
wird sie auch leben,
denn sie ist nun ein Teil von uns,
wenn wir uns an sie erinnern. Sie ist bei mir, sie wird immer bei mir bleiben...ich werde sie bald wiedersehen...

Printed in Poland
by Amazon Fulfillment
Poland Sp. z o.o., Wrocław

58625271R00176